Le clocher d'Abgall

Marie-Aude Murail

Le clocher d'Abgall

Neuf

l'école des loisirs

11, rue de Sèvres, Paris 6e

Loi n° 49.956 du 16 juillet 1949 sur les publications
destinées à la jeunesse : janvier 2006
Dépôt légal : janvier 2006
Imprimé en France par la Société Nouvelle Firmin-Didot,
au Mesnil-sur-l'Estrée (76149)

Pour Gérard et Marie-Thérèse

1

Marouk et Xériak

*« Vous venez donc d'échapper à Marouk le Venimeux, mais votre corps est couvert de plaies**. »*

Je tournai la page en murmurant :

– Sale affaire, et le pus va s'y mettre. Après, c'est la gangrène. Je vais perdre au moins cinq points d'enduro.

« Vous apercevez au fond de la grotte une fiole couverte de toiles d'araignée. Vous la prenez et vous cherchez à lire l'inscription sur l'étiquette. Hélas, c'est du Vanoulouk ! »

J'aurais dû mettre le paquet sur les langues étrangères, cette année. Là, je suis coincé.

*Cet extrait et les suivants sont librement inspirés des « livres dont vous êtes le héros » (NdA).

« Vous mourez de soif. D'un trait, vous buvez le liquide que contient la fiole. C'est une huile amère que vous recrachez. »

– Que des emmerdes ! m'exclamai-je. Je n'ai que des emmerdes. Et il paraît que je suis Xériak, le Prince de la Ténèbre. Je ferais mieux d'être Gogol, le roi des Ploucs.

« Si vous voulez enduire votre corps de cette huile, partez au 43. Sinon, rebouchez la fiole et rendez-vous au 122. »

– Ça sent le piège. Dans *Le Pays des Gorgones*, je m'étais enduit d'une espèce d'onguent et je m'étais retrouvé couvert de pustules. Bonjour l'acné, je vais au 122.

« 122 Vous vous traînez au fond de la grotte, à demi mourant, le sang s'échappant toujours de vos blessures... »

– Ce besoin qu'ils ont de vous casser le moral ! Je vais jeter un œil au 43 pour voir si j'ai bien fait de ne pas y aller.

« 43 À peine avez-vous fini de vous enduire le corps que vos plaies se referment. Vous regagnez

deux points d'endurance. Notez votre nouveau total sur votre feuille de route.»

– Ça, c'est infect. Dans *Le Pays des Gorgones*... Je m'en fous, je me remets deux points. 3 et 2, 5. Autrement, au premier dragon venu, je capote.

« Vous allez au 76.» Téléphone. *«76 Vous quittez la grotte, frais et dispos. Un léger vent vous apporte le bruit lointain...»* du téléphone. Merde. Il n'y a pas moyen d'être un héros plus de dix minutes.

– Quoi ! Heu... allô ?

– Émilien ? C'est Henri Leroy.

Mon «Don Tsen du Camouflage», heureuse disposition des chevaliers de la Ténèbre, me permet de changer instantanément de voix. Il faut dire aussi que je me bouche le nez avant de réciter :

– Il n'y a plus d'abonné au numéro que vous avez demandé. Tilili. Il n'y a plus d'abonné au numéro...

– Ça suffit, Émilien. Passe-moi ta mère, s'il te plaît.

– Il n'y a plus de mère à l'Émilien que vous avez demandé. Tilili. Il n'y a plus de mère…

Il raccroche. Yaho ! Xériak a mis en déroute Marouk le Venimeux. La prochaine fois, Marouk sortira sa masse d'armes aux pointes trempées dans du sang de Gorgone ou dans du pipi de chat. Il faudra que je me méfie. Où en étais-je ? Ah oui, me voilà tout guilleret au sortir de la grotte aux Maléfices.

« Un léger vent vous apporte le bruit lointain d'une cloche. Votre Sens Tsen de l'Orientation vous indique que c'est bien là le clocher d'Abgall où vous êtes attendu. Mais deux routes vous y mènent. À droite… »

Téléphone. Il me pompe, ce type. Je vais lui faire l'horloge parlante.

– … Trois minutes, dix secondes. Tip tip. 15 heures, 3 minutes, 11 secondes.

– Ça va, la tête ? me demande Xavier Richard.

– Ah, c'est toi, Arendal, mon fidèle écuyer. J'ai cru que c'était Marouk le Venimeux.

– Toujours aussi jeté, Émilien. Je voulais te montrer mon nouveau jeu. *Shinobi.* J'ai déjà passé le Grand Maître.

– Écoute, je fais un saut jusqu'au clocher d'Abgall où je suis attendu et après, je viens chez toi, Arendal, mon fidèle écuyer.

– Tu en as pour longtemps ? me demande Xavier.

– Je n'en sais rien. Deux routes mènent à Abgall. À droite, un sentier fleuri descend en pente douce vers la vallée et à gauche, un chemin, dans le genre sablonneux, malaisé, descend en pente raide vers la même vallée. Que fais-je, Arendal, mon fidèle écuyer ?

– À droite.

– Tu crois ? Ça sent le piège. Dans *Le Pays des Gorgones*...

– Mais *La Traversée des Sept Maléfices*, c'est tout le contraire du *Pays des Gorgones*. Tu fais ce que tu veux, mais je te préviens qu'à gauche, c'est pourri de serpents.

Xavier vient de toucher mon point faible. J'ai horreur des serpents.

Je prends à droite. Rendez-vous au 212.

– Alors ? me demande Richard.

Je lis :

– *« 212 Vous êtes sur le sentier fleuri quand soudain le ciel s'obscurcit. La pluie tombe en cataractes et vous trempe jusqu'aux os. »* Tu vas voir que je vais attraper un rhume. *« Vous courez jusqu'à un refuge au bord de la rivière. La porte est fermée mais il y a un heurtoir en bronze. Si vous frappez à la porte, allez au 104. »*

– Tu ne frappes pas, me dit mon fidèle écuyer.

– Et pourquoi ?

– C'est la demeure de Duong, le fils de Marouk le Venimeux.

– Tu l'as appris par cœur ?
– J'ai déjà gagné cinq fois. Tu viens ?
– J'arrive.

Je raccroche. Xavier Richard est mon meilleur pote. En tout cas, c'est le type qui a le plus de jeux vidéo à ma connaissance.

Je finissais de lacer mes baskets quand Maman est arrivée.

– Déjà ! m'exclamai-je.

Elle a jeté son sac sur la table

– On se sent accueillie, au moins. Je t'ai dit que je prenais mon après-midi.

Ah oui, d'accord. Elle sort avec Marouk le Venimeux.

– Prends ton parapluie, dis-je, le ciel s'est obscurci, la pluie va se mettre à tomber en cataractes et tu seras trempée jusqu'aux os.

Ce qu'il y a de bien avec ma mère, c'est qu'elle ne s'étonne plus de rien.

– Je serai là pour le dîner, me répond-elle.

– Avec ou sans Marouk le Venimeux ?

Elle hausse les épaules.

– Sans.

– Au fait, il a appelé.

– Et alors ?

– Je pense qu'il va rappeler.

Ce n'est pas le genre qui se décourage. Avec sa grosse masse d'armes, boum, boum, il se fraye un chemin en dépit des embûches que lui tend le Prince de la Ténèbre.

Ma mère prend le téléphone.

– Je m'en vais, dis-je.

– Où ?

– Chez Arendal.

Elle repose le téléphone.

– C'est le magasin qui vient d'ouvrir ? me demande-t-elle.

– Non, c'est mon fidèle écuyer.

– Tu penseras au pain, me dit Maman.

Je pense au pain, je pense aux clefs, je pense au temps qu'il fera demain, au devoir que je dois rendre mardi, je pense à un tas de choses pour penser le moins possible. J'essaye de ne pas penser à ce type. Ça fait deux mois qu'il est là, dans notre vie, sur notre palier, boum, boum, avec sa masse d'armes et avec son grand nez. Même pas beau. Il paraît que je n'y connais rien. Je sais quand même faire la différence entre un grand tarin et un nez normal. J'ai un grand tarin. Alors, je sais.

– Ouais, je l'ai eu! gueule Richard, tu as vu ça? Je peux utiliser la magie Ninja. Aïe, mais merde, l'enflure! D'où il sort, celui-là? Tiens, prends ça!

Xavier est en train de tripatouiller les petits boutons de sa console. Il s'excite sur les hommes-grenouilles, maintenant.

– Une vie en moins! J'en ai plus que deux. Je dois faire super gaffe. Tu as vu? Je l'ai passé comme un chef... Tiens, pan, pan!

Dire que je suis aussi débile que Richard quand c'est moi qui joue. Ça y est. GAME OVER. Il a perdu. Bien fait.

– Je te jure que j'ai eu le changement de décor, ce matin, me dit Xavier, vexé. Je te sors *Out Run* ?

– Non, ça va.

– Je ne sais pas si ça va, remarque Xavier, mais tu fais une tronche d'enterrement.

– J'aurais dû aller au clocher d'Abgall. J'étais attendu.

À force de dire des conneries, il m'arrive de taper juste. On ne m'attend pas souvent. Comme ma mère travaille… Et puis, maintenant, avec ce type…

– Tu n'as pas faim ? dis-je.

On finit toujours par se retrouver devant le frigo, Richard et moi, et on bouffe tout ce qui traîne. Il y a des fois où c'est Byzance, rillettes d'oie, flan caramel et gorgonzola. Puis des fois où trois crevettes se battent en duel avec deux chipolatas.

– Il y a quoi ?

– Pâté de campagne, m'annonce Xavier,

à moitié englouti par le frigo, yaourts du 15 (on est le 27), fond de compote de pommes et chorizo épicé.

– Nous connûmes des jours meilleurs, Arendal, mon fidèle écuyer. Envoie le chorizo !

Xavier racle le compotier. Il me demande :

– Tu es libre, samedi ?

– Pas vraiment. Je vois Martine-Marie.

– Pas possible ! Tu sors toujours avec elle ?

– Et puis ?

Xavier secoue la tête. Je lui fais pitié.

– Les filles, il faut en changer aussi souvent que de chaussettes.

– Je ne savais pas que tu gardais les tiennes pendant un an.

– Si tu t'imagines que je suis toujours avec Bella, tu te trompes, mon vieux. J'ai une autre copine, mais je sors encore un peu avec Bella pour pas faire d'histoires.

– Eh bien, je vais te dire un bon truc : deux paires de chaussettes à la fois, je ne trouverais pas ça confortable.

Toc. Xavier replonge dans sa compote. On discute beaucoup tous les deux. Ce n'est pas tellement qu'on aime discuter ensemble, mais on veut avoir le dernier mot.

– En plus, elle est tarte, reprend Richard.

– Qui ? Bella ?

– Non, Martine-Marie. Avec son blazer bleu marine et l'écusson dessus ! Elle s'habille comme une mémère.

Il me cherche.

Je réponds calmement :

– Ce n'est pas ton style. Tu aimes les grosses.

– Bella n'est pas grosse.

– À peine.

Je gonfle les joues pour lui fournir une parfaite représentation de sa bien-aimée.

– De toute façon, je la lâche, me dit Xavier.

On attaque le pâté de campagne. Sur du pain, ce serait meilleur qu'à la petite cuillère.

– Vous n'allez pas ensemble, Martine-Marie et toi. C'est une fille sérieuse.

Je prends un air lugubre :

– Je suis un mec sérieux. Dans cinq ans, je l'épouse et je lui fais quatre enfants.

Xavier me regarde de biais. Il se demande ce qu'il faut en penser.

– Ça ne se fait plus, décrète-t-il.

– Quoi ? Les enfants ?

– Se marier, tout ça. Je vois mon frère. Il était à la colle avec une fille depuis un an. Elle a voulu qu'il l'épouse. Il s'est taillé et il a bien fait.

Je hausse les épaules.

– Mes parents sont devenus complètement inexistants à force d'être ensemble, poursuit Xavier. Ma mère frotte son argenterie, mon père rentre à 21 heures. Ça sert à quoi d'être marié ?

J'aimerais trouver une réplique. Quelque chose de drôle, de mordant. Ça ne vient pas.

– Est-ce qu'elle est mariée, ta mère ? insiste Richard, elle est super, elle vit sa vie.

Je fronce les sourcils. Évidemment, il n'est pas question que Maman épouse Marouk le Venimeux. Heureusement, ma mère pense comme Xavier à propos du mariage.

– Moi, c'est différent, dis-je.

– C'est pour tout le monde pareil. Le mariage, ça tue les individus. Le couple, c'est la mort de l'individu.

Il lit trop, ce type. Je n'aime pas les intellos. Souvent, quand je discute avec Richard, j'ai comme une envie de pleurer dans la gorge. La vie a l'air tellement moche, tout d'un coup. Je vais retourner au clocher d'Abgall où je suis attendu.

– Salut, Richard !

– Salut, Prince de la Ténèbre ! Sans rancune, hein ?

En fait, Richard a peur de tout. Je suis sûr qu'il a peur des filles. Il a peur d'en rencontrer vraiment une. Tiens, j'aurais dû lui dire ça. Vivre, c'est prendre des risques. Ce n'est pas tout le temps se protéger. J'ai lu ça dans un magazine à la con quand j'étais chez le coiffeur. Bien sûr, on peut se planter quand on épouse quelqu'un, mais c'est le jeu.

Je m'échauffe tout en marchant. Planque-toi, mon vieux Richard, moi, je vais à Abgall. Je vais là où on m'attend. Et d'abord, tu choisis des filles nulles, Richard, pour te persuader que les filles sont nulles et que tu as bien raison de les jeter comme des chaussettes. La prochaine fois, c'est ce que je lui dirai. Et il se trompe complètement au sujet de Martine-Marie. Martine-Marie, c'est mieux qu'une fille. C'est quelqu'un.

– Tu as pensé au pain, Émilien ?
– Ah ! Merde…
– Tu ne penses à rien, me dit Maman.

2

Ticket et Blackie

Joss est arrivé fin janvier au collège. Quand il est entré dans la classe, les filles se sont tues l'une après l'autre. À la façon dont Bella l'a dévisagé, j'ai pensé que Richard n'aurait aucun mal à la lâcher. Joss m'a regardé. Il m'a dit :

– Salut !

Je n'étais pas dans un jour très inspiré. Je lui ai demandé :

– Tu es nouveau ?

Il a fait « oui » de la tête et il s'est assis à côté de moi. Les conversations ont repris peu à peu, mais les filles étaient toutes à le guigner. Je ne suis pas d'un naturel envieux. Pourtant, ce matin-là, j'aurais autant aimé avoir un nez moyen. Avec des yeux bleus et des cheveux bruns bouclés et des dents rangées comme les perles d'un collier. Joss, c'est vraiment celui qu'on appelle « Gueule d'amour » dans les films du ciné-club. Une belle gueule un peu démodée. Il se penche vers moi :

– Je m'appelle Jocelyn. Mais on dit « Joss ».

– Moi, c'est Émilien. Mais on dit « Émilien ».

Il rit.

– On a cours de quoi ?

– Maths.

– Ah ! Pourriture.

J'acquiesce. Ça nous fait un point commun.

– Je ne suis bon qu'en dessin, me confie Jocelyn.

C'est marrant. Moi aussi, j'aime dessiner. Je fais des bédés.

On est restés l'un à côté de l'autre toute la matinée. On n'avait rien d'intéressant à se raconter. D'ailleurs, Jocelyn a du mal à faire tenir plus de quatre mots ensemble. À midi, il m'a demandé :

– On mange quoi ?

J'ai regardé le menu qui est affiché à l'entrée du self.

– Cabillaud, jardinière de légumes.

– Ah ! Pourriture.

Xavier nous a rejoints à table. Il a essayé de faire causer Jocelyn puis, comme il n'y arrivait pas, il a voulu l'épater. Il a parlé de filles, de jeux vidéo et de house music, bref de tout un tas de conneries supposées faire bien dans le tableau.

– Tu fermes à quelle heure ? lui a demandé Jocelyn.

Dès la fin de la journée, tous les mecs de la classe avaient décrété que Joss était débile.

Les filles gardaient encore quelque espoir au cœur. Pour une raison que je n'ai jamais pu éclaircir, Joss avait décidé de n'adresser la parole qu'à une seule personne : moi.

– Tu passes par où ? m'a-t-il demandé, à la fin des cours.

– Par le centre commercial. J'habite aux Alizés.

– Viens au canal, m'a-t-il répliqué.

Le canal est exactement à l'opposé des Alizés.

– C'est là que tu crèches ? ai-je demandé.

– Non. Plus loin. Mais j'aime bien les écluses.

J'ai haussé les sourcils sans rien trouver à répondre. Je suis allé au canal et j'ai regardé jaillir l'eau de l'écluse, mousseuse et jaunâtre. On ne se parlait toujours pas et ça devenait lourd.

– Tu n'as pas de parents ? m'a demandé Jocelyn comme s'il me balançait son poing dans la gueule.

– Pas des masses, dis-je, évasif.

– Tes vieux sont divorcés ?

– Mon père est mort.

Joss a approuvé de la tête. Puis il a eu cette phrase bizarre :

– Maintenant, j'habite chez moi.

– Un peu comme tout le monde, hasardai-je.

– Non. Avant, j'étais chez mon père ou j'étais chez ma mère. Maintenant, je suis chez moi.

J'hésitais à comprendre :

– Tout seul ?

– Ouais. Mais je me suis acheté un petit lapin. Enfin, il n'est plus si petit. Tu veux le voir ? Il s'appelle Ticket.

– Je n'ai pas trop le temps. Demain, si tu veux.

Je n'étais pas à l'aise en face de Jocelyn. J'avais tout de même envie d'en savoir plus.

– Tes parents ne s'occupent plus de toi ?

– C'est toute une histoire. Au début, ils s'occupaient trop de moi. J'étais pourri de cadeaux chez l'un, pourri de cadeaux chez l'autre. Après, mon père s'est recasé et il n'a plus payé la pension. Il a eu deux autres mômes et moi, je ne l'intéressais plus. Et puis, je gênais ma mère. Elle ne pouvait pas sortir pour se trouver un autre mec.

Jocelyn a repris son souffle. Il n'avait plus l'habitude de parler.

– Depuis cette année, j'ai ma piaule. Et je me suis acheté un canard.

– Je croyais que c'était un lapin.

– Avant le lapin, j'ai eu un canard, un caneton, quoi. Je lui ai fait prendre un bain dans la baignoire. Il a clamsé. Je ne sais pas pourquoi. L'eau était peut-être trop chaude ? Ou c'est le savon…

Les canards et les lapins semblaient avoir pris le devant de la scène dans la vie de Jocelyn.

Je demandai :

– Ta mère vient te voir quand même ?

– Elle me ramène mon linge. Tu comprends, elle s'est trouvé un jules mais elle ne lui a pas dit qu'elle avait un fils. Il se barrerait, tu vois ?

J'acquiesçai pensivement. Elle avait dû tomber sur un Xavier Richard à l'état adulte.

– Ticket est devenu mauvais depuis quelque temps, reprit Joss en se relevant. Je préférerais un furet, mais ça pue en appartement. Bon, j'y vais. Salut, machin.

– Émilien.

– Mon canard, c'était Blackie. Allez, salut.

Je suis revenu du canal jusqu'aux Alizés. J'avais de quoi m'occuper l'esprit. Je me disais : c'est quelqu'un comme moi. On me trouve bizarre souvent. Il est bizarre. Mais je crois qu'il n'est pas bizarre de la même façon. On se sent mal avec lui. Quand il parle, on a envie de se reculer. Le canard mort dans la baignoire, la mère qui cache son fils. Et s'il était fou ? Je n'irai jamais chez lui, en tout cas. Et j'espère qu'il ne va pas me coller aux baskets tous les jours. Il n'avait même pas retenu mon nom.

– Tu as ramené les côtelettes ?

– Hein ?

– Mais ce n'est pas possible ! s'écrie Maman, tu penses à quoi, en ce moment ? Ta parka, Émilien !

– Hein ?

– Range ta parka, range ton sac, range tes godasses ! J'en ai assez de ramasser tes petits cailloux derrière toi !

– Hein ?

– « Hein, hein ? » Tes petits cailloux ! hurle Maman. Le Petit Poucet, ça ne te dit rien ?

Le téléphone s'est mis à sonner. Ma mère a décroché machinalement :

– Hein ? Heu, allô ? Ah, c'est toi, Henri !

– 22, v'là l'ogre, dis-je en ramassant ma parka.

Dans le fond, je vais peut-être m'acheter un chat. Je l'appellerai Blackie. Non, c'est con. Je l'appellerai Arendal. Un gouttière, c'est sympa. Gris rayé.

– Émilien ? dit Maman en entrebâillant ma porte.

– Quoi ?

– Henri… m'invite. Ça ne… tu…

– Qu'est-ce que je bouffe, moi ?

– Eh bien, les côtelettes.

On se regarde. Elle avait oublié que j'avais oublié. Elle se passe la main sur le front.

– Je vais lui dire qu'on se voit demain, conclut-elle en refermant ma porte.

On est allés dîner au restaurant, elle et moi.

– Si tu voulais faire un effort pour t'entendre avec Henri, m'a dit Maman devant la pizza, je ne serais pas tout le temps tiraillée. Il y en a toujours un de vous deux qui me fait la gueule.

– Si je te dérange, trouve-moi une piaule et je dégage.

J'en ai les larmes aux yeux. D'abord, j'irai chez Joss. Ce que je ne sais pas, c'est si les lapins s'entendent bien avec les chats.

– Vous êtes comme chien et chat, Henri et toi, et c'est ridicule, dit Maman, vous pourriez très bien…

– Il m'a dans le nez, dis-je, le ton geignard, et en plus, c'est un grand nez.

– Tu ne supportes pas que je m'intéresse à quelqu'un d'autre que toi, chuchote ma mère, la voix furieuse.

– Ce n'est pas ça.

– Si, c'est ça. Tu es pire qu'un mari.

– Ce n'est pas vrai !

– Si, c'est vrai.

On a boudé tout le temps de la pizza. C'est dommage parce qu'elle était bonne.

– Tu veux un dessert ? m'a demandé Maman.

– Je n'ai pas faim.

– Moi non plus.

Dire qu'on aurait pu passer une bonne soirée ensemble ! Je HAIS Henri Leroy.

Le lendemain, quand Joss m'a proposé de venir chez lui, j'ai dit oui. Je voulais voir comment on peut vivre seul à mon âge.

– C'est bête. Mon lapin est mort, me dit Jocelyn.

– Depuis hier ?

– Enfin... Je ne sais pas s'il est mort. J'ai ouvert la porte, il a bondi dans l'escalier et il s'est taillé. Il a été écrasé, tu ne crois pas ? Ou il est allé à la base de loisirs...

– C'est ça, dis-je. D'ailleurs, maintenant, c'est lui qui loue les planches à voile.

La piaule de Joss sentait le poil et la pisse. Elle était meublée de vieilleries diverses et encombrée de cages, de bacs, d'aquariums et de paniers. Vides. Je fis tourner une petite roue dans une des cages.

– Tu as eu un hamster ? demandai-je.

– Un couple, mais ils ne s'entendaient pas. C'étaient peut-être deux mâles, en fait. J'ai eu un écureuil aussi. Mais le con ! Il s'est noyé dans son abreuvoir.

– Tu as eu une souris ? demandai-je.

– Oui. Le lapin l'a tuée.

– Des tortues, tu as essayé ?

– Ouais, mais c'est pas un cadeau. Elles ne se montraient presque jamais. Un jour, je les ai retournées. Elles étaient pourries mortes à l'intérieur.

Je grimaçai malgré moi.

– Des poissons ? énumérai-je encore.

– Un peu. Quand je suis parti en centre de vacances, je les ai balancés.

– Dans le canal ?

– Non. Dans les chiottes. Chasse d'eau. Pchch.

– Tu n'as pas eu de chat ? poursuivis-je.

– Ma mère en avait un, mais il est tombé de la fenêtre, un jour. C'est le chat qui avait bouffé mon cochon d'Inde. Un soir, je n'avais pas refermé la cage... Le lendemain matin, qu'est-ce que je vois sur le carrelage ?

– Oui, oui, d'accord.

Il rigole puis il conclut :

– Je vais m'acheter un poussin. Comme ça, je mangerai des œufs.

– Il mourra avant, dis-je.

– Pourquoi ?

– Parce que.

Je n'ai pas su lui dire. D'ailleurs, lui dire quoi ?

– Tu ne viendrais pas avec moi au quai de la Mégisserie ? me propose-t-il.

– À Paris ?

– Ouais. C'est là que je les achète. On en a pour une heure.

Alors, je pense à mon chat.

– D'accord, mais demain après-midi. Là, il faut que je rentre.

Je sais qu'on met des noms sur les fous. Il

y a les mythos, les paranos, les mégalos. Il y a sûrement un nom qui irait à Jocelyn. Mais, comme je ne suis pas médecin pour les fous, je ne sais pas quel est le nom qui lui convient. Est-ce que c'est un genre de folie dangereuse ? Du point de vue d'un canard, certainement. Pauvre poussin... Tout de suite, il ne sait pas. Il est dans une autre cage, avec cinquante autres pioupious. Lui, il va crever. Il ne le sait pas. Il ne sait pas que Jocelyn va l'acheter.

– Tiens, Maman ! Je t'ai rapporté tes côtelettes ! dis-je triomphalement en posant un paquet sur la table.

– Quelles côtelettes ? me demande Maman.

Il y a déjà un paquet brun sur la table.

– Ah ! Merde...

C'est comme ça que j'ai mangé trois côtelettes au dîner. Et pourtant, je n'avais pas faim. C'est idiot, mais je pensais au poussin.

3

Zorro et Clochette

L'homme a plongé la main dans la cage. Ils étaient là, plus de cinquante, à se marcher sur les pattes en piaulant.

– Je veux une femelle, a rappelé Jocelyn.

– C'est une femelle, a dit l'homme, en ressortant la main.

Et hop, dans une boîte en carton percée de quelques trous.

– 3 euros.

Nous sommes repartis au milieu d'une cacophonie de glapissements, de piaillements, de jacassements.

– Je vais l'appeler Zorro, m'a dit Joss.

– Ce n'est pas un nom de poule.

Je traîne un peu les pieds. On devrait rentrer maintenant que Joss a son poussin. Je m'arrête devant une vitrine. Je tape au carreau. Les chiots se mettent à japper, appuyant leurs pattes avant contre la vitre. Ma mère n'a jamais voulu de bête à la maison.

– Tu as vu les siamois ? me dit Jocelyn.

Six chatons qui jouent à la bagarre, se bousculent, roulent en tas, et bondissent l'un sur l'autre comme sur une proie.

– Pas de bête à la maison ! J'ai assez à faire…

– Mais Maman…

– Quand c'est non, c'est non.

– Si je m'en occupe…

– Tu t'en occuperas huit jours…

– À quoi tu penses ? me demande Jocelyn.

– Hein ? Oh, à rien. J'aime bien les chats. Mais ma mère n'en voudra pas.

– Prends un hamster.

Je hausse les épaules. Tant pis, on rentre. Quand je serai grand, j'aurai un chat et quatre enfants.

Devant le métro, il y a un petit attroupement autour d'une vieille dame. Nous nous approchons.

– Tenez, nous dit-elle, regardez s'ils sont mignons !

Elle entrouvre un grand panier d'osier. Cinq chatons somnolent et s'agitent dans leurs rêves. Une petite fille tend la main vers eux pour les attraper.

– Ne touche pas, ma chérie, dit la maman. Vous les vendez combien ?

– 10 euros. C'est symbolique, dit la vieille dame, ce n'est pas des chats de race, mais je veux être sûre qu'on va les aimer.

La mère hoche la tête. La petite fille supplie des yeux, joint les mains. Moi, si ma gamine me regardait comme ça, je lui achèterais même une vache.

– Ils sont vaccinés ? demande la mère, avec son air pincé d'acheteuse à qui on ne la fait pas.

– Oui. Et en bonne santé. J'aime les bêtes, vous savez.

– Moi aussi, dis-je tout haut.

On me regarde. Je rougis. Je suis bien forcé de me lancer.

– Choisis d'abord, dis-je à la petite fille avec autorité.

Elle bat des mains. Sans plus s'occuper de sa mère, elle s'approche avidement du panier et désigne un chat noir et blanc.

– Celui-là.

La vieille dame le sépare tout doucement de ses frères. Il miaule en clignant des yeux. Elle le met dans une boîte à chaussures.

– Et vous ? me dit-elle.

Un des chatons vient de se réveiller et griffe le bord du panier. Joss le caresse entre les oreilles. Il est tout noir avec une grosse tache blanche sur le plastron et deux gants blancs aux pattes avant. C'est lui. C'est Arendal.

– 10 euros, me dit la vieille, et elle lui referme le couvercle d'une boîte sur la tête.

– Il est extra, m'assure Jocelyn.

Je porte précieusement ma boîte à chaussures tandis que Joss me suit, les bras ballants. Les bras ballants? Je m'écrie:

– Et ton poussin?

Il l'a oublié sur le trottoir, près de la vieille dame. Nous courons. Quelqu'un a marché sur la boîte. Elle est ouverte. Vide. J'ai le cœur qui bat à me faire mal. Mon chat griffe le carton, furieux d'être secoué. Je cherche des yeux une petite boule sur deux pattes.

– Attends! Là... Près de... Oh!

Ça s'est fait très vite. Une voiture. Un peu de duvet qui volette. Une bouillie sur la chaussée.

– Merde! 3 euros de foutu.

J'ai vaguement envie de pousser Jocelyn sous une bagnole.

– Je vais m'en racheter un, me dit-il, tu viens ?

– Non. Je suis en retard. Excuse-moi.

C'est dans le RER que j'ai compris que je devais me débarrasser de ce chat. Depuis que j'ai trois ans, je fais la scie à ma mère pour avoir un animal à la maison. Elle n'a jamais voulu, même pour un canari.

« Voyons. À qui est-ce que je peux le refiler ? La mère de Martine-Marie affiche complet : trois mômes, deux chiens. Les parents de Xavier viennent d'acheter un canapé en cuir. Resterait Jocelyn. »

Je revois la bouillie de poussin sur la chaussée. Arendal n'aurait que l'embarras du choix : noyé, écrasé ou défenestré. C'est que Joss aime les bêtes. Il y a beaucoup de gens qui les aiment comme ça. Et d'ailleurs, moi... J'ai un peu honte. Je me suis acheté un chat par gourmandise. Comme un gâteau. C'est dégueulasse.

J'ai juste eu le temps de poser ma boîte près du divan, en arrivant à la maison, et de jeter ma parka par-dessus. Maman était là. Elle a lancé un regard sur mon vêtement. Elle allait dire :

– Range ta parka…

Puis elle a renoncé. Elle s'est assise, l'air préoccupé.

– Qu'est-ce que tu dirais si je me remariais ?

Ma mère va toujours droit au but. Moi, je sais que le chemin qui mène à Abgall n'a rien d'un raccourci. Le mieux, c'est de ne pas répondre.

– Tu es contre le mariage, dis-je, la voix tranquille.

– En principe…

Elle hésite.

– C'est Henri qui me propose… Selon lui, si je refuse, c'est que je ne l'aime pas assez. Que je ne veux pas m'engager.

Exactement le genre de choses que je dirais dans sa situation. Je ne bronche pas.

– Il fait pression, reprend ma mère, il dit que… que c'est toi qui fais la loi ici, que ce n'est pas normal, que ce n'est même pas sain.

– Miaou, dit Arendal.

Maman me regarde, regarde ma parka qui vient de faire « miaou ». Arendal doit être en train d'étouffer. Je suis pire que Jocelyn. J'enlève ma parka d'un geste, j'ouvre la boîte. Deux oreilles paraissent, deux gants blancs, un nez, un plastron immaculé. Mon chat en grande livrée.

– Émilien ! s'écrie Maman.

C'est le moment ou jamais de montrer mes dons de négociateur.

– Tu épouses Leroy et je garde mon chat.

– Émilien, répète Maman, d'un ton navré.

Arendal vient de faire la culbute en sautant de la boîte. Nous éclatons de rire, ma mère et moi. Arendal s'assoit posément, lèche sa patte avant, puis commence l'inspection des lieux, très digne, la queue haute.

– Je t'ai dit que je ne voulais pas d'animal à la maison, dit Maman, les sourcils froncés.

– Tu m'as dit aussi que tu ne te remarierais jamais, que tu n'étais pas capable de supporter un homme tous les jours de la semaine, toutes les semaines de l'année, qu'en vieillissant tu avais pris…

– Oui, oui! s'écrie Maman, j'ai dit tout ça parce que je te dis beaucoup trop de choses!

Nous nous taisons. Arendal renifle la moquette.

– Alors, dis-je, je garde mon chat?

– Mais, hurle Maman, il est en train de pisser!

Tss. Ce chat manque de diplomatie.

– Il faut lui acheter un bac, crie ma mère, et de la litière. Et tu vas t'en occuper! Et gare à toi si tu oublies!

Donc, j'ai gagné. Reste Leroy. Là, j'ai perdu.

– Je vais expliquer à Henri qu'il te faut un peu de temps pour te faire à l'idée, me dit Maman.

C'est à elle qu'il faut du temps. Mais ça, je ne l'ai pas compris sur le moment.

– Alors, ton chat ? m'a demandé Jocelyn, le lendemain matin.

J'ai eu un grand sourire heureux. J'ai dit :

– Super.

Il n'y a rien d'autre à dire. C'est super. Il est là. Il m'attend. Quand je rentrerai, il sera là. Il se frottera à moi. Il fera ron ron quand je le prendrai dans mes bras. Il pétrira mon jean avec ses griffes tantôt sorties, tantôt rentrées, pendant que je le caresserai. Je dirai :

– Eh, doucement, Arendal !

Il me regardera en clignant des yeux. Malin comme un chat. Irrésistible comme un chat qu'on aime. J'ai répété :

– Super… Et ton poussin?

– Il s'appelle Clochette.

Pourquoi choisit-il toujours des noms idiots?

– Ce que je me demande, dit Joss, c'est comment le type a fait pour savoir que c'était une femelle.

La question est délicate. Heureusement, j'aperçois Richard.

– Hé, Xavier, tu sais que j'ai un chat?

– Un chat? Et comment tu feras pour les vacances?

Ce mec n'a qu'une idée: me casser ma baraque.

– Je l'emmènerai, dis-je.

– Aux sports d'hiver?

– Justement, il adore le monoski.

– Il y a des endroits où on n'accepte pas les chats. Et puis, tu vas voir les dégâts que ça fait!

La sonnerie a grésillé. Nous sommes rentrés en salle de cours. Il m'énerve, Richard. Son idéal de vie, c'est: pas de femme, pas de gosses, pas de chats, pas d'emmerdes, pas de vagues. Il est vieux avant l'âge. Il est rance. Voilà. C'est ce que je lui dirai, la prochaine fois : mon vieux, tu es rance.

– Je peux passer chez toi voir ton chat ? m'a demandé Jocelyn à la sortie.

J'ai à nouveau eu mon grand sourire heureux. Je me suis presque mis à courir en arrivant aux Alizés. Pour un peu, j'aurais crié : « Youhou, Arendal ! » sur le palier.

Mon chat n'était pas derrière la porte comme je l'avais espéré. Il n'était pas au salon, pas dans ma chambre.

– Émilien ! m'appelle Jocelyn, il est dans la cuisine.

Arendal est couché sur le flanc. Il halète péniblement. Qu'est-ce que... J'ai tout de suite compris :

– Le con ! Il a bouffé un morceau de ma balle en mousse...

Il étouffe. Je le prends doucement entre mes mains.

– Il va crever, me dit Jocelyn, le ton clinique.

J'ai gueulé :

– Non !

Espèce de sale oiseau de malheur ! J'ai repoussé Jocelyn du coude. J'ai couru vers le téléphone. Vite, l'annuaire. U... V... Vé... Vété...

– Allô ? Le cabinet du Dr Carrel ? C'est pour mon chat. Il vient d'avaler quelque chose. C'est urgent. Oui, je peux venir maintenant.

Je raccroche. Je mets Arendal dans son panier.

– C'est trop tard, dit Jocelyn dans mon dos, il vaut mieux...

Je me retourne. J'ai les yeux noirs de fureur :

– Il vaut mieux que tu ailles crever ailleurs, avec tes canards et tes poussins.

Moi, je ne suis pas Jocelyn. Je ne fais pas mourir ce que j'aime. Alors, je cours. Il y va de ma vie, il y va de ce que je suis.

Dans la salle d'attente, je vois dans un brouillard une dame qui parle avec un monsieur :

– Je viens pour de l'eczéma, dit-elle.

– Moi, c'est pour une grosseur, dit le monsieur.

Je tourne sur moi-même, affolé. Au secours, le SAMU ! Une porte s'ouvre. Je m'écrie :

– C'est moi, le chat !

La dame s'agite sur sa chaise.

– Mais c'est mon tour, dit-elle.

Le vétérinaire sourit :

– Mme Didier, excusez-moi, c'est une urgence.

Je me précipite dans le cabinet. Je tremble de la tête aux pieds. Je pose mon panier sur la table. Le docteur prend mon chat entre ses grosses mains. Il le palpe, il hoche la tête. Je bégaye :

– Il… il… C'est une balle en mousse. Il…

– C'est bien, me dit le vétérinaire, retournez dans la salle d'attente, s'il vous plaît.

Je m'effondre sur une chaise. Bientôt, je sens mille petites aiguilles me piquer. Je relève les yeux. C'est Mme Didier qui me regarde, outrée. Et le bonhomme à la grosseur. Et un gosse avec une cage. Et une autre dame avec un panier. Nous attendons. C'est d'ailleurs ce qu'on peut faire de mieux dans une salle d'attente. La porte se rouvre.

– Monsieur ?

Je bondis.

– Il… il…

– J'ai opéré, me dit le Dr Carrel, il dort.

Il me montre Arendal dans une cage. Il a un gros pansement autour du ventre.

– Tu passeras le prendre demain matin.

– Il ne va pas mourir, alors ?

Le véto sourit :

– Écoute, il est petit. Mais il a des chances de s'en tirer. Tu reviens demain. Passe à côté. Ma secrétaire va te dire combien tu me dois…

Je porte les mains à mes poches, complètement suffoqué.

– J'ai… j'ai oublié de prendre de l'argent !

Le véto sourit encore :

– Eh bien, ce n'est pas grave. Tu ne payes pas.

Il y a des gens. Il faudrait les décorer. Il me tape sur l'épaule.

– J'ai un fils de ton âge… Dans la banlieue de Lyon… Là-bas…

Un nuage passe entre nous deux.

– Au revoir, monsieur.

On se serre la main.

– Merci, monsieur.

Je suis revenu le lendemain matin, avec ma mère. Je n'avais pas dormi de la nuit. Tant de choses se cognaient dans ma tête. Le Dr Carrel nous a ouvert en personne, sa secrétaire n'étant pas encore arrivée. Il a à peine salué ma mère et m'a tout de suite souri.

– Ça va. Ne t'en fais pas. C'est un costaud, ton chat.

Arendal était déjà sur pattes.

– Combien vous dois-je ? a dit Maman.

Le véto a tressailli.

– 86 euros, a-t-il articulé, le ton méchant.

Pas de bol. Maman a dû lui faire penser à sa femme. Dans la banlieue lyonnaise.

Nous avons fait quelques pas sans rien dire, Maman et moi.

– Ça coûte cher, les enfants, ai-je bégayé en guise de remerciement.

– Mais tu verras, m'a dit Maman, ça donne tellement de satisfactions…

Arendal a miaulé du fond de son panier.

J'étais heureux, complètement heureux. Le chat, Maman, moi. J'ai dit :

– C'est vraiment indispensable que tu te remaries ?

4

Toshiba et Moulinex

Il n'y a qu'un seul moyen de connaître la vraie nature de quelqu'un : c'est de le faire jouer au Monopoly.

– Je te donne la gare du Nord contre l'avenue Foch, propose Xavier, avançant la main vers Joss comme si l'affaire était déjà réglée.

– Tu es fou ! Qu'est-ce que tu veux que j'en fasse ? J'ai que deux gares !

– Et alors ? Moi, je n'ai que deux verts.

– C'est malin. Avec l'avenue Foch, ça te fera les trois et tu pourras construire.

– Construire avec quoi ? brame Xavier en cachant ses biftons sous ses coudes, j'ai pas un sou !

Xavier joue pour gagner ou, plus exactement, pour nous faire la peau. Il a les dents qui grincent, il ricane de bonheur, il s'étouffe d'indignation, il proteste de sa bonne foi en portant la main à son cœur (pour vérifier que son portefeuille s'y trouve toujours). Bref, il s'amuse.

Moi, ça m'est égal de gagner. Mais je ne supporte pas de perdre. C'est physique. Je foutrais tout par terre tellement ça m'horripile. Quand je gagne, je me sens bien, plein de mansuétude et de bons mots. Et pourtant, c'est vrai que ça m'est égal de gagner. D'ailleurs, je ne gagne jamais longtemps. Inexorablement, la roue tourne et c'est Richard qui me fait la peau. C'est comme quand on discute : il a toujours le dernier mot.

– Je te donne la Compagnie de Distribution des Eaux avec ma gare. Je ne peux pas faire plus, quand même !

Xavier implore Jocelyn, les mains ouvertes, pathétique. Joss ne se défend que pour l'honneur. Il a hâte de perdre.

– Oh, bon, tiens ! Qu'on en finisse…

Xavier glousse de satisfaction. J'ai horreur quand il glousse comme ça. Il va bétonner les verts maintenant et, au prochain coup, je tombe dessus.

– Personne ne veut mes deux orange ? minaude Bella.

C'est encore Bella qui joue avec nous cet après-midi, Xavier n'ayant pas tout à fait réussi à opérer son changement de chaussettes.

– Tu peux te les bouffer, tes orange, dis-je aimablement, et toi, Joss, ta rue Lecourbe, tu en fais des conserves ? J'ai la gare Montparnasse, si tu veux…

– Tu es cinglé ! explose Richard, ça lui fera les quatre !

– Et alors ? C'est tes affaires ?

– Je veux! Il ne faut pas qu'il ait les quatre !

Nous nous regardons, Jocelyn et moi, et, sans ajouter un mot, nous échangeons la rue Lecourbe contre la gare Montparnasse.

– C'est idiot, bougonne Xavier.

– Peut-être, dis-je, mais ça te fait les pieds.

– Bon, mais mes deux orange, sanglote presque Bella, je n'ai rien pu échanger, moi...

– Ça ne m'intéresse pas tellement, répond Xavier en lorgnant déjà sur l'avenue Mozart de Jocelyn, tu veux la place de la Bourse en échange ?

– Seulement ?

– Avec ma carte « sortie de prison », en plus. Tu y gagnes.

Je secoue la tête. Ce n'est pas possible, une malhonnêteté pareille.

– Quel requin, dis-je à mi-voix, ne te laisse pas faire, Bella.

– Dès que j'ai le faubourg Saint-Honoré, poursuit Xavier en hypnotisant Bella du regard, je te le refile. Parole d'honneur.

– La parole d'honneur d'un requin, dis-je encore entre mes dents, méfie-toi, Bella. Quand il aura tes orange, il te laissera tomber comme une vieille chaussette.

Xavier me dévisage fixement.

Pour l'emmerder, je répète :

– Une vieille paire de chaussettes.

Jocelyn n'aime pas les affrontements.

– Bon, allez, on joue, dit-il, c'est à qui le tour ?

– À moi, dit Richard.

– C'est curieux, c'est toujours à toi, dis-je.

– Tu as décidé de me faire chier, Émilien ? gueule Richard.

Je réponds :

– Oui.

Bella s'est penchée vers Jocelyn :

– Dis donc, c'est toi qui as l'avenue

Mozart. Ça ne t'intéresserait pas, mes deux orange ?

– Si. Tu veux quoi ?

– Je ne sais pas… Tes gares…

Ils se font presque les yeux doux. Et sous le nez de Richard, en plus. Alors là, je rigole.

– Qu'est-ce que tu as à te marrer, toi ? dit Xavier.

Naturellement, deux heures plus tard, Xavier ayant bétonné les verts avant tout le monde, nous étions tous sur la paille. Devant Richard s'étalaient les quatre gares, les trois orange, ma rue Lecourbe, la Compagnie de Distribution des Eaux, les trois jaunes et la carte « sortie de prison ».

– C'est vraiment Picsou. Tu ne vois pas des dollars qui s'allument dans ses yeux ? demandai-je à Jocelyn.

– Oh, arrête d'embêter Xavier, protesta Bella, qui s'était remise sous la protection de son chéri.

Jocelyn s'aperçut alors qu'il n'avait pas fait son devoir de maths pour le lendemain.

– Moi non plus, dis-je en me levant.

J'allai chercher ma parka dans la chambre de Richard.

– Dis donc, Émilien…

Xavier m'avait suivi.

– Quoi ?

Je crus qu'il venait me chercher querelle à propos des chaussettes.

– Tu vas tout le temps te trimbaler avec Jocelyn maintenant ? me demanda-t-il.

– Qu'est-ce qu'il t'a fait ?

– Rien. C'est pas mon copain. C'est tout.

– Eh bien, c'est le mien.

J'enfilai ma parka. Richard me barrait le chemin.

– C'est plus ton copain que moi ? me demanda-t-il, la voix hésitante.

Je rigolai. Ça me gêne toujours, ce genre d'histoires.

– Il est collant, reprit Xavier, il t'a mis le

grappin dessus. Il est avec toi en classe, à la cantine, partout.

– Mais tu ne comprends pas…

– Je ne comprends pas quoi ? Que tu es né avec un tonneau autour du cou, comme les chiens d'avalanche ? Mais je te préviens, l'« autre », c'est le genre vampire.

Jocelyn se pointa juste à ce moment-là, le sourire bizarre :

– Tu viens, Émilien ?

Richard me fit une grimace dans le style : « Là, tu vois ce que je disais. » Je haussai les épaules et je murmurai :

– Tu ne sais pas…

Moi, je sais. Mais je suis le seul à savoir parce que je suis le seul à qui Jocelyn parle. Une autre fois, il faudra que j'explique à Richard. La vie de Joss, c'est complètement atroce. Il lui est arrivé de la jouer à pile ou face. Pile, je me tue. Deux fois, ça été face. Et deux fois, pile. Il n'a même pas été choqué quand je lui ai dit d'aller crever ailleurs.

– C'est ce que tout le monde pense, m'a-t-il dit le lendemain. Ma mère a tellement peur que son julosse découvre mon existence… Elle a déchiré toutes mes photos. J'en ai gardé une où j'ai trois ans : je souris. Mes parents ont divorcé quand j'avais quatre ans.

Au fond, je ne suis pas loin de penser comme Richard. Je me demande pourquoi les gens se marient. Pourtant, la mère de Jocelyn n'a qu'une idée, c'est de se remarier. Et ma mère aussi. Même ma mère.

Je me dis que moins j'en parlerai, moins j'y penserai, moins ce type existera. Ce Leroy. Ce qu'il peut m'énerver avec ses citations ! « Comme dit si bien le philosophe : *L'homme seul est en mauvaise compagnie.* »

Ou encore, dans le même genre tartignolle : « N'est-ce pas ce que dit le romancier : *La vertu, c'est d'augmenter le bonheur ?* »

Quand il rit, il ne fait pas «ha! ha!» comme tout le monde; non, il fait «hu! hu!» pour avoir l'air distingué. Ce mec, quand les ringards voleront, il sera chef d'escadrille.

C'est comme son nez. Pour faire des brochettes, à la rigueur. Et ses pieds. Au début, j'ai cru que c'étaient des faux. Il doit faire du 48. Mais bon, je n'y pense plus. Ça me file des boutons. Je vais regarder la télévision.

Évidemment, je tombe sur le plus con des jeux cons.

– Allez, on l'encourage, dit le présentateur, c'est le four à micro-ondes Moulinex qui est en jeu. Allez, Jean-Louis!

– Vas-y, Jean-Louis! trépigne sa femme.

Jean-Louis est en train d'éplucher une orange. Il n'a que trente secondes pour y parvenir. Vingt secondes. Quinze secondes. Dix..

– Vas-y, mon chéri...

– Allez, son chéri, reprend le présentateur, 5, 4, 3, 2...

– Ah ! fait la salle, désappointée.

Il a perdu le four Moulinex. Il faut dire que ce n'est pas si simple d'éplucher une orange en trente secondes. Surtout avec des gants de boxe.

– Anne-Marie va sûrement nous tirer d'affaire, dit le présentateur, c'est une question de géographie. Vous aimez la géographie, Anne-Marie ?

– Pas trop.

– Pensez que vous jouez pour le Caméscope numérique Toshiba, d'une valeur de 940 euros. Ça fait rêver, ça : 940 euros. Alors, Anne-Marie, pour le Caméscope de vos rêves, dites-moi : Quel est le pays dont la capitale est Vaduz ?

– C'est le Liechtenstein, dis-je à voix haute pour que le monsieur m'entende.

Bien sûr, Anne-Marie ne trouve pas. C'est vraiment le couple de l'année, ces deux-là. Bon, je zappe. Et crac. Je tombe sur quoi ? Un jeu.

– C'est un questionnaire sur la bédé. C'est votre point fort, la bédé, Marc ?

– Pas trop.

– Aïe, aïe, aïe. Il me faut un sans-faute pourtant. Vous avez déjà utilisé votre joker. Alors, on se concentre. Top chrono. Quel est le nom de la fiancée de Gaston Lagaffe ?

– Mlle Jeanne.

– Oui ! Quel est le créateur de Corto Maltese ? Vite, il me faut une réponse…

– Hugo Pratt.

– C'est exact ! Quelle est la dernière phrase des albums de Lucky Luke ?

– Heu… *« I'm a poor lonesome cow-boy. »*

– Mais oui ! Et ça se chante *« I am a poor… »* Oui, bon, on continue. Quel était le véritable nom d'Hergé ?

Ça y est. Il cale. C'est Georges Rémi, le nom d'Hergé, et il a pris les initiales de son nom pour se faire son pseudonyme : R et G. Je suis super fort, moi. Je devrais me présenter.

– Ah ! fait la salle, désappointée.

– Hélas, hélas, Marc ! On y était presque… Ah, quel dommage ! Ce superbe ordinateur Thomson…

– Eh oui, fait Marc.

– Pas trop déçu ?

– Un peu. Mais c'est le jeu.

Allez, je rezappe, il me ferait pleurer.

Anne-Marie est en train de sautiller de bonheur sur le plateau de la 2. Ils l'ont gagné, le canapé de chez Mondioconfort ! Une véritable horreur à fleurs roses et marron. Même dans les chiottes, je n'en voudrais pas.

– Alors, Jean-Louis, c'était dur ? demande le présentateur.

– Pas facile. La pastèque, ça allait. Mais le saucisson…

– Eh oui, reprend le présentateur, on n'a pas l'habitude de se couper son saucisson avec un couteau entre les dents. Mais vous faisiez ça très bien, vous savez… N'est-ce pas, Anne-Marie, qu'il faisait ça très bien, mon chéri ?

– Oui, dit Anne-Marie, rayonnante.

– Et en plus, continue le présentateur, en plus, vous avez la possibilité de tenter le...

Toute la salle crie :

– Ban-co !

– Dans cette enveloppe, Anne-Marie, poursuit le présentateur, il y a peut-être le chiffre mystère ! Celui qui ouvre le coffre magique. Qu'est-ce que vous en pensez, Anne-Marie ?

– Ben, j'espère.

– Alors, on essaye ?

– Oui.

– Je peux vous racheter l'enveloppe secrète qui contient le chiffre mystère qui ouvre le coffre magique, dit le présentateur, la voix sifflante comme le serpent qui tenta Ève. Allez, je vous la rachète 1 000 euros.

Anne-Marie regarde Jean-Louis.

– J'irai jusqu'à deux mille, insiste le présentateur, de plus en plus cauteleux, deux mille parce que vous m'êtes sympathiques...

– Non, non, dit Jean-Louis, plein d'un mâle courage, on tente le banco.

– Alors, j'ouvre l'enveloppe. Ah, quel suspense ! chevrote le présentateur. Voilà les trois cartes d'or portant les chiffres : 7, 22 et 19. Anne-Marie, c'est à vous de jouer. Choisissez une des cartes d'or de la Maison du Café. Placez-vous devant le coffre magique offert par les skis Rossignol. Voilà. Quelle carte prenez-vous en premier ?

– Le 7.

– Le 7. Oui, c'est ça. Non, enfoncez mieux. Voil... eh non ! Ce n'est pas le bon chiffre. On essaye...

– Le 22, dit Anne-Marie.

Eh non. Ce n'est pas le bon chiffre. Je touche le fond de la misère morale. Quand je pense qu'en plus ils ont gagné le canapé de chez Mondioconfort !

– Allez, on croise les doigts pour vous, Anne-Marie. Le 19. Le 19. Le 19. Eh... Eh ouiii ! Il s'ouvre, Anne-Marie, le coffre magique offert par les skis Rossignol ! Il s'ouvre !

Anne-Marie et Jean-Louis sautent de joie. Des ballons sont lâchés sur le plateau (ballons offerts par Fleury-Michon). C'est Noël. C'est le paradis sur terre. Ils ont gagné !

– 10 000 euros ! C'est une somme, hein ?

Dire qu'on peut gagner 10 000 euros en découpant un saucisson avec les dents. Il faudrait que je m'entraîne.

– Tu tiens vraiment à regarder ces idioties ? dit Maman dans mon dos.

Je ne l'ai pas entendue entrer. Le suspense était tellement insoutenable.

– Ça occupe, dis-je.

– Et tu n'as rien à faire pour demain ?

Ah si, merde ! Mon devoir de maths.

5

Pot-de-colle et Super-glu

Xavier est dans tous ses états. Il organise une boum pour ses quinze ans. On est prié d'amener son copain ou sa copine.

– J'espère que tu vas danser cette fois, m'a dit Richard.

– Si tu m'invites, ai-je répondu.

La moitié de la classe a été conviée à cette grande réjouissance et on ne peut pas dire que Xavier ait procédé à ses invitations d'une façon discrète. Seuls les sourds ne se seront pas aperçus que Richard les snobait.

– Tu n'as pas invité Jocelyn ? questionnai-je.

– Je t'ai déjà dit que ce n'était pas mon pote, m'a répondu Xavier, et, de toute façon, tout le monde doit venir accompagné. Jocelyn n'a pas de poule...

Je sursautai :

– Si, justement. Il en a une.

– Première nouvelle, s'étonna Richard, comment s'appelle-t-elle ?

– Clochette.

– Hein ?... C'est... son nom de famille ?

– Probablement. Mais même si tu invites Joss, sa poule ne viendra pas. Elle ne va pas bien, en ce moment.

– Ah bon ? Qu'est-ce qu'elle a ?

Je pris un air soucieux :

– Elle a mangé trop de mie de pain, le week-end dernier.

Je me demande comment j'arrive encore à blaguer. Je broie du noir, en ce moment. Xavier prétend que Jocelyn me coupe des autres. C'est un peu vrai. Il est tellement pompant. Émilien, tu viens ? Où tu vas, Émilien ? Mais je n'ose pas lui dire. Il me fait peur.

– Non, je n'ai pas peur de lui, ai-je expliqué à Maman, j'ai peur pour lui. Il n'est pas normal.

– Qu'est-ce qu'il a d'anormal, ce garçon ?

J'ai haussé les épaules, désespérément.

– C'est un genre de folie. Tu vois, il achète des bêtes et elles crèvent.

– Tu veux dire qu'il les tue ? s'est exclamée Maman, horrifiée.

– Non, non, c'est plus compliqué. Ce n'est pas vraiment de sa faute. Par exemple, son poussin Clochette vient de crever d'indigestion. Je savais qu'il crèverait avant d'être une poule.

Maman n'a pas su quoi me répondre. Et puis, Leroy téléphonait à ce moment-là. Mais moi, j'ai compris quelque chose en parlant avec ma mère. Jocelyn achète des bébés animaux et, avant que ces bêtes grandissent, il s'arrange pour qu'elles meurent. C'est cette idée-là qui me fait peur. On ne grandit pas. Enfin, bon. Il ne faut plus y penser. C'est comme pour Leroy. Ne plus y penser. Je n'ai pas les épaules assez larges pour porter tout ça. Je vais faire la fête chez Richard. J'essaierai peut-être de danser. Il paraît que c'est de mon âge. Je crois que j'ai intérêt à faire des trucs de mon âge. Autrement, j'aurai des cheveux blancs avant ma majorité.

La boum de Xavier avait lieu en soirée. C'est plus smart. Malheureusement, la mère de Martine-Marie n'est pas smart du tout.

– Je ne peux pas y aller, m'a dit Martine-Marie au téléphone, Maman trouve que c'est trop loin, trop tard…

Je sais bien que la vraie raison, c'est que la mère de Martine-Marie s'est engueulée avec la mère de Xavier, à la dernière réunion de la

FCPE. Martine-Marie n'est pas du tout le genre de fille qui brave les interdits parentaux.

– Amuse-toi quand même, m'a-t-elle dit.

Elle en a de bonnes. De quoi aurai-je l'air, moi, le seul coq sans poule? J'ai téléphoné à Xavier en catastrophe:

– Ce n'est pas grave, m'a-t-il dit, c'est même mieux.

Il m'a raccroché au nez sans daigner s'expliquer davantage.

À 19h30, le soir dit, et pas trop à l'aise, j'ai sonné chez les Richard. Il y avait déjà des rires, de la musique, des bruits de verre. Comme on dit dans les romans à l'eau de rose, «la fête battait son plein».

– Ah, salut Émilien! s'est exclamé Xavier comme si l'on ne s'était pas quittés trois heures plus tôt.

J'ai alors constaté:

1. Que tout le monde allait par deux dans ce salon comme les animaux dans l'arche de Noé.

2. Que j'aurais dû changer de futal ou au moins passer du blanc à godasses sur mes baskets.

3. Que ça se fait d'apporter un cadeau quand on est invité à un anniversaire.

J'ai avalé ma salive et répondu avec l'entrain qui caractérise le spectre de Hamlet :

– Salut, mon vieux… Bon anniversaire, mes vœux les plus sincères…

Xavier m'a attrapé par le bras et entraîné vers la fenêtre.

– C'est vrai que Martine-pot-de-colle ne vient pas ? m'a-t-il délicatement questionné.

– Ni Jocelyn-super-glu, ajoutai-je.

– Parfait, a conclu Xavier, tu sais que tu as fait une touche ?

– C'est possible, dis-je, le ton blasé, les filles tombent comme des mouches autour de moi.

Je pensais naturellement que Richard se fichait de moi.

– Tu connais ma sœur ? a repris Xavier.

– Julia.

– Oui, Julia. Elle était là, l'autre jour, quand on jouait au Master Mind. Tu te rappelles ?

– Heu... oui. Elle regardait une connerie à la télé. Ça m'a fait plaisir parce que je me suis dit que je n'étais pas le seul. Et alors ?

– Et alors, elle te trouve super, me dit Xavier comme s'il m'assenait un grand coup de marteau sur la tête.

– Quelle coïncidence, dis-je, c'est exactement ce que je pense de moi.

Xavier ricana.

– Elle a dix-sept ans, ajouta-t-il comme s'il me faisait l'article.

Je le savais. Tout comme je savais qu'elle était blonde et plutôt jolie. Pour parfaire le tableau, je dois rappeler que je suis brun et plutôt moche.

Xavier reprit, toujours sur un ton d'excité :

– Elle m'a demandé si « mon » copain serait là à la boum. J'ai dit que tu viendrais et, du coup, elle a eu envie de passer vers 20 heures.

Il regarda sa montre :

– Dans une demi-heure, ajouta-t-il.

De deux choses l'une : ou Xavier se payait ma tête ou, à mon insu, j'en avais changé (de tête) dans le courant de la semaine et j'étais devenu beau gosse.

Un bref coup d'œil sur le carreau m'assura que je devais renoncer à cette dernière hypothèse.

Je me dirigeai vers le buffet où je fus accueilli par un concert de : « Martine-Marie ne vient pas ? », « Alors, tu es tout seul ? »

– Eh oui, dis-je, j'ai décidé de tenter la traversée d'une boum en solitaire.

Ma mauvaise blague me fit songer à Leroy avec sa fameuse citation : « L'homme seul est en mauvaise compagnie. Hu, hu. » Il était avec ma mère, ce soir-là, et ma mère allait lui dire oui. Elle m'avait prévenu.

– Tu ne vas pas être triste quand même ?

me dit Bella, la voix caressante, tu veux du Coca?

– Heu, oui...

Céline, une copine de Bella, me tendit un verre.

– Tu veux manger quelque chose? me proposa Aurélie.

Je décidai de jouer le jeu.

– Je ne vais pas me laisser mourir de faim, dis-je avec un soupir.

Quand Julia, la sœur de Xavier, débarqua dans la boum, j'étais déjà très entouré. Je m'étais improvisé tireur de cartes et je lisais l'avenir à Bella, Céline et Aurélie, leur promettant des choses toutes plus idiotes les unes que les autres. Quand je me sens très mal, il faut que je fasse le clown. Plus les autres rient et plus je suis triste. Et plus je suis triste, plus je déconne. Un éclat de rire trop aigu m'arrêta net dans mon numéro. Je levai les yeux de mes cartes à jouer et je rencontrai le regard de Julia. Julia Richard: deux ans de plus que moi, le même air d'autorité que son frère, le genre à avoir le dernier mot. Je me raccrochai à cette fugitive pensée : par bonheur, je suis moche.

– Tu danses ? me demanda-t-elle.

– Non, dis-je, en mettant les mains devant moi comme si on m'attaquait.

– Mais si ! s'exclamèrent en chœur Bella, Céline et Aurélie.

Elles me tirèrent, me poussèrent. Je protestai :

– Mais je ne sais pas !

– Il n'y a pas besoin de savoir, me répliqua Bella.

– Tu sens la musique dans ton corps, m'expliqua Julia, et ton corps suit le rythme.

Elle commença à se chalouper devant moi.

– La musique et c'est tout, me dit-elle encore.

Bella me prit par la main.

– Essaye, m'encouragea-t-elle.

« L'homme seul, hu, hu, est en mauvaise compagnie. » Ils en sont aux entrées. Ma mère a dû dire : oui.

– Tu vois, ça vient…

Ce n'est sans doute pas moi qui danse en face de Bella. C'est quelqu'un. Un type qui s'appelle Émilien, un type ridicule. « L'homme, hu, hu, seul est en mauvaise compagnie. » Quand est-ce qu'elle va l'épouser ?

– Mais dis donc, tu as le rythme dans la peau ! Je te jure !

Je danse. Peut-être avec Bella ou peut-être avec Julia. Tellement de choses dansent dans ma tête. Où est Jocelyn, ce soir ? « Hu, hu, l'homme seul… » Il est seul. Quand je ne suis pas avec lui, il est toujours seul. Tout à l'heure, il m'a dit :

– Alors, tu vas chez Richard ?

C'était comme un reproche. Je sais où est Jocelyn, ce soir. Il est près du canal. Il aime les écluses, l'eau sale et lourde des écluses.

– Mais essaye ! Un slow, c'est ce qu'il y a de plus facile.

Je danse le slow avec Aurélie. Son copain me regarde d'un sale œil. Je vais finir par m'attirer des ennuis. Je crois que je m'en fous. Si quelqu'un pouvait me taper sur la tête, cela me ferait du bien. Je voudrais ne plus penser. Jocelyn. L'écluse. Maman. Leroy. L'écluse.

– Je ne te connaissais pas, me dit Bella à mi-voix.

Je sais pourquoi j'ai peur. Jocelyn a déjà tenté deux fois de se tuer et c'était pas du cinéma. Si Maman épouse Leroy, je me tuerai.

– Ça ne va pas, Émilien ?

J'ai trop dansé. Tout tourne, les murs, les visages. Je trébuche.

Il a dû se passer un siècle ou deux. J'ai très mal à la tête.

– Tu es tombé, ran, de tout ton long, m'explique Bella.

– Ah bon ?

– Mes parents vont encore dire qu'on a piqué de l'alcool, ronchonne Richard, tu n'avais rien bu ?

– L'ivresse des sens, Xavier. Tu comprendras quand tu seras grand.

Je me redresse. Houlà ! J'ai une méchante bosse.

– Quelle heure est-il ?

– 10 h 05, me répond Bella, il faut que je rentre. Mon père va me sonner les cloches ! Tu rentres aussi, Émilien ?

Nous sommes revenus, Bella et moi, par le centre commercial désert.

– Tu étais déchaîné, ce soir, m'a dit Bella, ça te réussit d'être seul.

– L'homme seul est en mauvaise compagnie, dis-je machinalement.

La maison était plongée dans l'obscurité. Ma mère n'était pas encore rentrée. Je m'allongeai sur mon lit sans rien allumer. Je pensais.

Ainsi, les jeux sont faits. Nous n'en aurons même pas vraiment parlé. Demain, nous ne dirons rien. Puis, un de ces quatre, nous nous réveillerons, elle et moi, et dans notre maison il y aura un mari doublé d'un beau-papa. Ça n'a pas de sens.

Dans la nuit, j'écoute le silence. J'attends le bruit d'une clef. Et si elle ne rentrait plus jamais ? Je regarde à ma montre. Il est 11 h 05 Elle a peut-être laissé un mot dans la cuisine : *« Émilien, je dois vivre ma vie. Pardonne-moi. »*

Alors, je deviendrais un genre de Jocelyn avec mon chat. Ma mère m'enverrait un mandat-poste, de temps en temps. Mais je n'en voudrais pas. Un jour, je prendrais une terrible résolution… Clac, clac. Deux tours de clef et fin de mon roman-feuilleton. Dommage, j'étais parti pour faire plus fort que *Les Deux Orphelines*.

Je saute à bas de mon lit. J'ai envie d'aller l'embrasser et de lui dire… Je ne sais pas, un peu comme dans la chanson, « ne me quitte pas… ». Une voix m'a arrêté. Une voix d'homme qui chuchote. Quelle horreur ! Il est là. Je recule jusqu'à mon lit. Il y a des boules Quies dans mon tiroir de commode. Je me bouche les oreilles. J'enfonce ma tête dans le traversin. Surtout ne pas penser.

6

Léon et Gros Louis

Un chef d'entreprise qui obtiendrait des résultats semblables à mes résultats scolaires sur les trois derniers mois commencerait sûrement à s'alarmer. Pour tout dire, je frise la faillite et le découvert bancaire.

Mme Grandjean, notre bien-aimée professeure de français, m'a même fait signe de venir lui parler à l'interclasse.

– Cela ne va pas du tout, Émilien. 10, 8, 6…

– C'est le déclin de l'Empire romain, dis-je pensivement.

Jusqu'à présent, je tenais la tête de classe en dissertation.

– Qu'est-ce qui se passe ? me demande-t-elle.

– C'est la question que nous nous posons tous.

J'ai déjà cru remarquer que les profs n'aiment pas beaucoup ma façon de les esquiver. Je ne vais pas aller lui raconter la triste histoire du pauvre Émilien. Si ma mère se remarie, ce n'est pas une affaire d'État.

– Je regrette que tu le prennes sur ce ton, continue Mme Grandjean, je te demanderai de me rapporter tes derniers devoirs signés par tes parents.

Elle marque un temps. Elle vient de se rappeler qu'il me manque un parent.

– Par ta mère, reprend-elle, et tu me feras aussi le plaisir de ne plus te mettre à côté de Jocelyn Fanton. J'en ai assez de vos ricanements de fond de classe.

C'est comme ça que j'ai commencé à lâcher Jocelyn. J'ai repris ma place à côté de Xavier. Aux interclasses, Jocelyn nous rejoignait parfois.

– J'ai acheté des perruches, m'a-t-il dit un matin, avec son sourire ambigu.

– Et tu les appelles comment ? Clodomir et Vendetta ?

Il a ri. Ce n'est pas que je ne l'aime pas. Mais, en ce moment, j'ai besoin d'air.

Xavier essaie de me refiler Bella. Il m'a avoué qu'il a des visées sur Aurélie. Il perd son temps à mon avis. Bernard la serre de près. Je parle de Bernard Létuvé, celui de seconde C. Il était avec Céline en début d'année. Maintenant Céline sort avec Sébastien, le frère d'Aurélie. On dirait un jeu de chaises musicales. À force d'avoir le cœur entre deux chaises, il y en a qui se retrouveront le cul par terre.

Je ne m'intéressais pas du tout à ces histoires, il y a seulement six mois. J'étais ailleurs, j'étais Xériak, le Prince de la Ténèbre. À

Abgall, Martine-Marie m'attendait sous le clocher. Ding dong. On se marierait, on aurait quatre enfants et on vivrait heureux très longtemps.

Cela me fait penser à une émission de télé que je regarde quand je n'ai pas envie de me mettre à travailler. C'est « Le bon numéro » à 18 h 30.

– Alors, on peut dire que vous avez tiré le bon numéro, chère Aline ? demande le présentateur, tout dégoulinant de gentillesse.

– Ah, ça oui.

– Depuis combien de temps vous êtes mariée, sans indiscrétion ?

– Vingt-deux ans.

– Vingt-deux ans ! Vous devez le connaître comme le fond de votre poche, Jean-Paul ?... Dites-nous, il a bien un ou deux petits défauts ? Vous pouvez nous le dire. On est entre nous... Personne ne nous écoute. (Rires dans la salle.)

– Des petits défauts, répond Aline, rougissante, tout le monde en a.

Bref, Aline doit répondre à des questions qui seront ensuite posées à Jean-Paul. Dans le style : « Quelle est la couleur préférée de votre mari ? »

Si elle dit « bleu » et qu'il répond aussi « bleu », on n'y coupe pas : ils ont gagné le canapé de chez Mondioconfort.

– Alors, Christophe, ça fait une paye que vous êtes marié ?

– Dix-sept ans, en octobre.

C'est devenu tellement rare des gens qui restent ensemble plus de quinze jours qu'on en fait des émissions à la télé. Et le présentateur de s'extasier : vingt-trois ans ! Quarante-cinq ans ! Cent dix ans!

...Je suis là, toujours vautré devant cette télé, mon chat se faisant les griffes sur le canapé. Plus rien ne m'intéresse. J'étouffe de ne pas dire ce que j'ai à dire. Mais je sens que, si j'ouvre la bouche, je vais crier. Ma mère me répondra comme d'habitude: tu es jaloux, tu te prends pour le chef de famille, etc. CE N'EST PAS VRAI. Les apparences sont contre moi, mais ce n'est pas vrai. Malheureusement, je ne peux pas le prouver. J'ai essayé d'en parler avec Martine-Marie. Elle m'a dit de me calmer. Me calmer! Parce que, selon elle, dans trois ans, je serai majeur et je pourrai me tirer. Mais je serai mort avant, moi!

– Tu ne peux pas comprendre, Martine. C'est un sale type avec une sale gueule.

– Je l'ai déjà vu, me répond-elle.

– Et alors?

– C'est ce qu'on appelle un «bel homme».

Je hausse les épaules:

– Si tu t'y connaissais, tu ne m'aurais pas choisi.

Elle rit. Puis elle devient pensive.

– Tu n'as quand même pas tort, dit-elle soudain.

Je sursaute:

– Ah bon ?

– Il n'a pas un air franc, reprend-elle, et puis il est prétentieux.

Je souris béatement. C'est tout à fait ça, un fourbe et un pisse-vinaigre.

– Ils ne sont pas bien assortis, ta mère et lui, dit encore Martine-Marie.

Elle dit des phrases dans ce genre un peu mémère, de temps en temps.

Ça va avec le blazer bleu marine et le petit collier de perles qu'elle a eu à sa première communion. C'est Martine-Marie, quoi.

Je me demande si elle et moi, on est bien « assortis ». Cela m'étonnerait qu'on passe au « Bon numéro » dans vingt-cinq ans.

– Je ne comprends pas comment ma mère le supporte, dis-je encore.

– Elle est flattée. Comme il est beau…

– Beau ! Tu as vu son nez ? Et ses pieds ?

– Il a de l'argent, une bonne situation, énumère Martine-Marie, inexorable. Ta mère n'est plus toute jeune…

– Et elle est moche, d'accord.

Je me tais. Je boude. Je boude souvent et personne ne s'en aperçoit. C'est agaçant.

– Tu devrais parler avec ta mère, dit Martine-Marie, demande-lui de te trouver une chambre dans un foyer…

– Un foyer ! Non, mais tu débloques !

– Il y a un foyer très bien qui est tenu par les sœurs de Sion.

Je hurle :

– Les sœurs de Sion ! Fais-moi interner pendant que tu y es ! Tu veux que je me fasse bonne sœur ou quoi ? Je ne suis pas tombé dans une marmite d'eau bénite quand j'étais petit !

– Moi non plus, me répond Martine-Marie, toujours inexorable, mais à choisir entre un beau-père et des bonnes sœurs, je n'hésiterais pas une seconde.

On s'est quittés fâchés. C'est une habitude entre nous. Malgré tout, Martine-Marie m'a soufflé une idée : exiger une piaule pour

Arendal et pour moi. Un peu comme Jocelyn et ses perruches.

Maman m'a tout de suite répondu à ce sujet, avec une très grande clarté :

– Il n'en est pas question.

J'ai gueulé :

– Et pourquoi ?

– Parce que tu n'as que quinze ans et que je ne te crois pas capable de te débrouiller tout seul.

J'ai bégayé :

– Ah bon, ah bon.

– Si tu avais un tant soit peu de maturité, a continué ma mère, tu saisirais la chance qui t'est donnée d'avoir presque un père, en tout cas un ami...

– Qui ? Leroy ? ai-je balbutié, de plus en plus suffoque.

– Il s'appelle Henri ! a crié Maman, et il pourrait t'aider à te détacher de moi, à ne plus m'attendre comme tu le fais, tous les soirs, devant la télé ! Si j'ai ma vie à moi, tu seras plus libre, toi aussi…

Ça y est. Elle me récite ses fichus bouquins de psychologie. Il y a des tas de livres qui vous expliquent comment faire pour être une « bonne mère ». Il n'y en a pas un qui vous dise comment on s'y prend pour être un bon fils. Résultat : elle est une bonne mère et je suis un mauvais fils. J'ai crié :

– Eh bien, je suis libre. Tellement libre que tu ne me reverras jamais.

Et maintenant, je suis dehors, avec 3 euros en poche. Je n'ai pas l'intention de fuguer. Il faut seulement que je tienne le plus longtemps possible sans rentrer. Autrement, je serai ridicule. Malheureusement, il fait encore froid pour un mois d'avril et je me vois mal dormant sur un banc. Je vais toujours me payer un café et rester au chaud dans un troquet.

Je me suis installé sur une banquette, bien

calé contre le mur, et j'ai réfléchi : où passer la nuit ?

Autour de moi, la vie continue sans se faire de soucis. La patronne est au comptoir, un torchon sur l'épaule.

– Bonjour, M. Robert. Un blanc-cassis, comme d'habitude ?

– Oui. Le patron n'est pas là ?

– Il fait la sieste.

– C'est un beau métier d'être patron. Ha ! Ha !

Un coup de torchon sur le comptoir et le verre est posé devant M. Robert.

– Santé, qu'il dit.

Je ne connais pas tellement ce genre de troquets. Là où je vais d'ordinaire, il y a des collégiens et des flippers. Ici, ça sent la graisse chaude et la Gauloise froide. Il y a Europe 1 qui gueule dans les cuisines et il y a des hommes au comptoir. Des hommes qui rentrent, qui sortent, qui parlent de foot, de canassons, qui ont perdu au Loto mais qui connaissent quelqu'un qui est le beau-frère de celui qui a gagné la semaine dernière. Quand ils ont éclusé leur bière, ils disent :

– Patronne, la même en couleurs !

Ils ont l'air plutôt contents d'eux, tous ces mecs, contents de leurs blagues, les mêmes depuis dix ans qu'ils viennent là. Ils ont des épaules et puis du bide. Ils roulent leur caisse :

– Alors, Yvette, tu es sûre qu'il fait la sieste tout seul, le patron ? Ha ! Ha !

Je suis carrément paumé. Où est-ce que je vais dormir, cette nuit ? Les heures tournent, la patronne m'a servi un croque. Je ne sais même pas si j'aurai assez pour la payer.

– Bonsoir, docteur !

– Bonsoir, Yvette ! Le patron n'est pas là ?

– Il fait sa partie de boules. Du froid qu'il fait, je vous demande un peu... Je vous sers le plat du jour ?

– C'est quoi ?

Je ne vois pas le nouvel arrivant mais sa

voix me rappelle quelqu'un. Je me tasse dans mon coin.

– Andouillette sauce moutarde avec des frites.

L'annonce du plat du jour me fait saliver.

J'ai faim. Yvette pose une nappe en papier sur la table près de la mienne. Huile, vinaigre, couteau, fourchette, la corbeille de pain… Elle me jette un coup d'œil.

– Je vous mets là, docteur !

Le docteur vient s'asseoir sur la chaise, face à la banquette.

– Tiens, dit-il, comment va ton chat ?

C'est le véto. Je ne sais plus son nom.

– Ça va, merci.

Je lui fais un sourire miteux et je replonge dans ma nuit. Où vais-je dormir ?

Je sens qu'il me regarde. Ça me revient, son nom : c'est Carrel. Le Dr Carrel. Yvette vient d'apporter l'andouillette et les frites. Mais qu'est-ce que j'ai faim ! Si je pouvais seulement prendre un autre croque… Ou même me bourrer de pain.

– Tu ne rentres pas chez toi? me demande le docteur, en entamant son andouillette (sauce moutarde, j'adore la sauce moutarde).

– Si… mais ma mère n'est pas encore à la maison.

– À 20 heures?

– Ah? Il est 20 heures?

Mince. Il me regarde toujours. Il faut que je paye et que je me tire en vitesse.

– L'addition, s'il vous plaît!

Yvette me la pose tout de suite sur la table, d'un geste sec. Ça fait plus de quatre heures que je suis là. Je déplie le papier, tout doucement. 3,40 euros. La catastrophe. De quoi je vais avoir l'air si je marchande le croque-monsieur? Et l'autre qui me bouffe son andouillette sous le nez! Je sors ma pièce de 2 euros, ma pièce d'1 euro. Je fouille mes poches en essayant de formuler une prière, un genre de prière : « Si Vous existez, grand Dieu, faites un miracle ! » Un petit miracle : une pièce de cinquante centimes dans ma doublure de parka, c'est pas le bout du monde, quand même ! Mais non, rien. Je suis définitivement athée.

Le Dr Carrel a nettoyé son assiette. Il se verse un verre de rouge.

– S'il vous plaît…

Je suis livide.

– Ça ne va pas ? me dit-il.

– Si, si. Il me manque quarante centimes.

Je tiens l'addition dans la main. Je tremble. Tout ça pour quarante centimes ! Le docteur se penche vers moi :

– Et tu es sûr que ta mère n'est pas chez toi ?

– Je vais… je vais rentrer.

Il hoche la tête, me prend l'addition des mains.

– Tu veux une part de tarte ? me demande-t-il.

On doit entendre mon estomac qui fait crouic.

– Plutôt de l'andouillette, dis-je, les yeux modestement baissés.

Il rigole :

– Yvette, remettez-moi ça pour l'andouillette !

La patronne est devenue maternelle. Elle m'a offert un coup de bière.

– À son âge, c'est permis, hein, docteur ?

Elle a noyé mon andouillette de sauce moutarde.

– On a été jeune aussi, hein, docteur ?

– J'ai un fils de cet âge-là, a répondu le véto, il vous mangerait deux andouillettes comme ça, rien qu'au goûter !

On rit autour de moi. Tout le monde y va de son petit commentaire.

– C'est la croissance.

– Il faut ça pour faire un homme.

Je ne me sens même pas gêné. La bière me monte au cerveau. Je suis très bien, très, très bien. Et une part de tarte, une ! Un petit café ? Ça ne fait pas de mal... Je les connais déjà tous par leur petit nom. Marcel, Léon, l'aut' zig, Gros Louis... Je donne mon avis sur le Matra-Racing, je sens que j'ai une opinion très précise sur ce que devrait faire le sélectionneur du Paris-Saint-Germain.

– Ta mère n'est toujours pas rentrée ? me demande le Dr Carrel, à mi-voix.

– Je veux pas rentrer.

Il hoche la tête. Ça faisait un bail qu'il avait compris.

– On y va, me dit-il.

Il fait terriblement froid dehors. Je ne marche pas très droit. Mon cœur s'est recroquevillé sous ma parka. Je serre les mâchoires pour ne pas claquer des dents.

– Où est-ce que tu vas ?

– Je sais pas.

Il y a du vent, des étoiles froides comme des glaçons, un noir de nuit à croire qu'il ne fera plus jamais jour. C'est l'écluse au bout de la rue.

– Où habites-tu ?

Je ne réponds pas.

– Il va geler, cette nuit, me dit le véto.

– Je marcherai.

Nous marchons. Il ne va pas me lâcher.

– Comment t'appelles-tu ?

– Émilien.

– Je te donne ma parole, Émilien, que je ne cherche pas à te ramener de force chez toi. Je veux seulement qu'il ne t'arrive rien.

Ce type est formidable. Il y a tellement de chaleur dans sa voix que la nuit est déjà moins froide.

– Tu me fais confiance ?

– Oui.

– Ma voiture est à côté. Je vais te conduire à un endroit où tu pourras dormir et réfléchir. Personne ne te bousculera. Okay ?

J'ai dû hésiter deux secondes, à cause de la nuit, à cause des choses qu'on dit. Puis j'ai répondu :

– Okay.

Je suis monté dans sa bagnole, une vraie bagnole, luxe et tout. J'avais envie de dormir. Mais je savais bien que je ne dormirais pas. À cause de la nuit, à cause des choses qu'on met dans les journaux. « Il avait quinze ans. On a retrouvé son corps près du canal. » C'est fou, la peur qu'on a de tout.

– C'est là, me dit-il presque aussitôt, en coupant le moteur.

Il fait sombre. À peine un réverbère. J'ai peur. Il est descendu. Moi aussi. Prêt à m'enfuir. Mais s'il est armé ? Il sonne à une porte. Donc, ce n'est pas chez lui.

– Où sommes-nous ? dis-je, toujours prêt à détaler.

– C'est un…

Il s'interrompt. La porte s'ouvre. Le véto s'approche :

– Bonsoir ! Vous me reconnaissez ? Le Dr Carrel.

– Mais, bien sûr, docteur ! Quel froid ! Entrez vite !

Dans la pleine lumière, je peux lire sur la plaque de la porte d'entrée :

FOYER DE GARÇONS
COMMUNAUTÉ DES SŒURS DE SION

7

Pierre-Étienne et Charles-Aurèle

Ma pseudo-fugue n'a pas eu l'effet escompté. Après m'avoir installé au foyer, le Dr Carrel est allé farfouiller parmi ses chèques non encaissés. Il y avait celui de ma mère. Des Pardini, à Montigny-le-Bretonneux, il n'y en a pas des tonnes. Il a trouvé notre numéro de téléphone et il a rassuré ma mère sur mon sort.

Le lendemain, j'ai téléphoné à la maison et je suis tombé sur le répondeur.

– La vache ! ai-je marmonné, en raccrochant.

Ma mère ne m'attendait même pas. Je n'avais pas pris ma clef et je ne savais plus où aller. Finalement, je me suis éclipsé en douce du foyer et je me suis rendu devant le pavillon de Martine-Marie, rue du Robinier.

Les volets de sa chambre étaient repoussés. Une lumière éclairait la cuisine. À imaginer la chaleur de la maison et l'odeur du café, je me suis senti encore plus gelé. J'hésitais à tirer la sonnette de la grille. Comment expliquer ma présence à une heure si matinale, un dimanche ?

Tout d'un coup, la porte du pavillon s'ouvrit. Poppée et Hannibal, les clebs de la maison, bondirent sur le perron, suivis de près par un petit bonhomme en robe de chambre. Pierre-Étienne, l'un des frères de Martine-Marie, emmenait pisser les chiens. Il allait me voir. J'improvisai tout de suite une petite comédie. Je fis deux pas de course en soufflant bruyamment et je pilai devant la grille, toujours soufflant.

– Salut, Pierre-Étienne !

Il me regarda, les yeux encore embués de sommeil. J'adore ce môme, d'ailleurs. Il a une tête pas possible.

– Je fais mon petit tour de jogging, dis-je.

Je sautillais sur place pour faire plus authentique.

– Martine-Marie est levée ?

– Oui.

– Tu crois que je peux entrer ?

Pierre-Étienne m'ouvrit sans discuter. Les deux chiens me tournèrent autour, moitié amicaux, moitié soupçonneux.

Martine-Marie était à la cuisine et préparait le chocolat de Charles-Aurèle, le petit dernier. Cela fait drôle de voir quelqu'un que vous connaissez bien dans un décor et dans une tenue inattendus. C'est comme s'il avait une seconde vie dont vous ignoriez tout. Quelque chose comme Dr Jekyll et M. Hyde. Bref, je n'aurais jamais imaginé que Martine-

Marie portait des chemises de nuit. Mais c'est vrai que les gens qui dorment avec leur blazer doivent être assez rares.

Je restais dans l'encadrement de la porte, toujours soufflant comme une loco. Pierre-Étienne me bouscula pour passer.

– Il fait son jogging, annonça-t-il, tout content d'avoir eu la primeur de cette grande nouvelle.

Martine-Marie me regardait. Elle passa la main dans ses cheveux tout ébouriffés pour les aplatir un peu, puis elle répéta bêtement :

– Ah oui, tu fais ton jogging ?

– Oui, je fais mon jogging, répétai-je encore plus bêtement.

On n'allait pas faire le réveillon là-dessus. Nous étions tous figés comme dans le palais de la Belle au bois dormant.

– Ze donne pas mon socolat à lui, dit Charles-Aurèle préventivement.

Les petits mômes ont le génie de dénouer toutes les situations. J'éclatai de rire. Martine-

Marie aussi. Et Pierre-Étienne et Charles-Aurèle, pour finir.

Trois secondes plus tard, j'étais assis à la table de la cuisine et Martine-Marie me préparait du café. Je beurrai les tartines de Pierre-Étienne, puis j'aidai Charles-Aurèle à boutonner son tricot.

Martine-Marie remplit les bols.

– Attention, Charles-Aurèle, ne le mets pas au bord ! Pierre-Étienne, ton coude dans le beurre !

Nous étions assis l'un en face de l'autre. Elle sourit. Je souris. Tout d'un coup, je bondis :

– Mais merde ! Charles-Aurèle, ton bol !

C'était trop tard. Heureusement, il ne s'était pas ébouillanté.

– Il a dit un vilain mot, se vengea Charles-Aurèle, en me regardant par en dessous.

C'est une peste, ce môme.

– C'est vilain, il ne le fera plus, répondit Martine-Marie, d'un ton très convaincu.

Quelques tartines plus tard, Pierre-Étienne, barbouillé de confiture d'oranges jusqu'aux sourcils, demanda... à s'essuyer les mains.

– Pierre-Étienne, tu en as même sur ton pyjama !

– Il en a sur son pyjama, il en a sur son pyjama, fredonna Charles-Aurèle.

Martine-Marie me regarda, un peu hésitante :

– Tu... tu m'aiderais à les débarbouiller ? Je ne veux pas réveiller ma mère...

– Le plus simple, répondis-je, c'est de les passer tels quels dans la machine à laver.

– Non, pitié ! cria Pierre-Étienne, comprenant bien la plaisanterie.

– Ah non, merde ! rugit Charles-Aurèle.

Quelques fessées plus tard, les frères ennemis étaient dans la baignoire, jouant à s'éclabousser et comparant leur quéquette.

– C'est tout petit, le tien, commenta Charles-Aurèle.

– Le tien, c'est plus petit, renchérit Pierre-Étienne.

Puis, se tournant innocemment vers moi :

– Et toi, elle est grande ?

– Il en a pas, décréta Charles-Aurèle, qui est un vrai démon, en dépit de sa frimousse pour pub Lotus.

Martine-Marie s'étouffait de rire – ce que je n'aurais jamais cru d'elle.

– Allez, allez ! On se savonne ! dit-elle.

– Je veux mon gant de toilette en lapin, réclama Pierre-Étienne, papa ! Mon gant ! Heu... Émilien, mon gant !

Je rigolai. J'aimerais bien avoir un gamin comme Pierre-Étienne avec sa bille de clown endormi. Je sais que Martine-Marie préfère Charles-Aurèle.

Il nous fallut un bon quart d'heure de négociations pour les sortir du bain.

– Lui d'abord !

– Non, lui !

Nous fîmes observer à Charles-Aurèle que, étant entré le premier, il était juste qu'il sorte le premier. Sa réponse ne se fit pas attendre :

– Ah non, merde !

Nos différentes remarques sur le risque d'attraper une congestion pulmonaire dans une eau froide, les bonbons que Martine-Marie achèterait au premier sorti et la possibilité d'une distribution de fessées n'eurent pas le succès espéré. Finalement, je trouvai la solution :

– Vous allez sortir en même temps. Moi, je vais essuyer Pierre-Étienne et Martine-Marie va s'occuper de Charles-Aurèle. On compte jusqu'à trois. Un, deux et...

– Trois ! crièrent les frangins en nous éclaboussant de leur mieux.

Quand tous deux eurent revêtu la chemise blanche du dimanche et la culotte de flanelle grise, je me tournai vers Martine-Marie :

– On devrait les prendre en photo. Dans cinq minutes, ils seront de nouveau dégoûtants.

– Ne bougez pas! leur cria Martine-Marie, je vais chercher mon appareil.

Pierre-Étienne nous gratifia d'un sourire d'enfant sage tandis que Charles-Aurèle essayait de paraître plus grand en se hissant sur la pointe des pieds. Attention, clic! Les frangins battirent des mains puis, par pur enthousiasme fraternel, se jetèrent l'un sur l'autre et roulèrent par terre.

– Quel gâchis, murmurai-je à la vue des cheveux déjà hirsutes et des chemises blanches battant l'air comme des oiseaux qui voudraient s'échapper.

Au même moment, le téléphone sonna. C'était ma mère partie à ma recherche. Elle n'avait pas bougé de la maison mais, après l'appel du Dr Carrel, elle avait un peu forcé sur le somnifère.

– Tu... tu rentres? me demanda-t-elle, presque timidement.

Au fond, je serais bien resté avec Martine-Marie et les deux gamins. On les aurait emmenés en promenade avec les chiens. Mais bon, l'enchantement était rompu. Ce n'étaient pas mes mômes et j'avais toujours quinze ans.

– Je rentre, dis-je.

D'ailleurs, la mère de Martine-Marie venait de se lever et admirait ses deux garçons lavés et habillés, sentant même l'eau de toilette de leur papa.

– Ze n'ai pas renversé mon socolat, dit Charles-Aurèle sans aucun à-propos, en me regardant bien dans les yeux.

Je suis certain que, si je l'avais trahi, il aurait appris à sa mère consternée quel vilain mot j'avais prononcé. C'est un Machiavel en culottes courtes.

Je suis reparti tout drôle de la rue du Robinier. J'ai joué au papa et à la maman avec Martine-Marie. On était tout contents. C'est nous qu'il aurait fallu prendre en photo.

Peut-être que, si j'avais eu quarante balais, ce dimanche matin, en me retrouvant tout seul dans ma cuisine et sans mes gamins, je me serais raconté que j'avais quinze ans et toute la vie devant moi. Toute une autre vie.

En rentrant à la maison, j'ai eu cette pensée profonde : on vit plus dans l'imaginaire que dans la réalité. Je voulais être dessinateur de bédés. Je me demande si je ne serai pas plutôt romancier. Je ne raconterai pas des histoires de SF ou des trucs d'autrefois dans des costumes d'époque. Je raconterai peut-être l'histoire d'un type de quinze ans qui a peur que sa mère se remarie. Ou l'histoire d'un type comme Jocelyn que ses parents laisseraient tomber. Pour finir, il se tuerait.

Le lendemain matin, lundi 16 avril, Joss est venu vers moi. Je parlais avec Xavier et Bella. Il m'a dit avec son sourire bizarre :

– Tu sais, mes perruches… elles sont crevées.

– Eh bien, tu sais, a répondu Xavier, on s'en fout.

C'était salaud quand même. Mais on était en train de parler d'un nouveau jeu vidéo. On ne voulait pas être emmerdés. Maintenant, je regrette. Moi aussi, je l'ai laissé tomber, Jocelyn. Je ne vaux pas mieux que les autres.

8

Émilien et Martine-Marie

Comme d'habitude, ma mère m'avait demandé :

– Ça ne t'ennuie pas si je vois Henri, ce soir ?

Et, comme d'habitude, j'avais répondu :

– Tu es libre, hein ?

Tout en me faisant la réflexion que c'était peut-être curieux qu'une mère demande à son fils la permission de sortir.

– Tu vas regarder la télévision ? insista Maman.

Je la dévisageai. Au fond, c'était facile de la culpabiliser. Je n'avais qu'à rester vautré devant le poste.

– Non, j'ai du boulot, marmonnai-je.

Je pris mon cahier de textes en soupirant. J'avais de fait une tonne de boulot, anglais, espagnol, maths, français. Il y en avait pour le mardi, pour le jeudi, pour le vendredi.

– Et merde, merde…

C'est terrible, l'envie de ne pas travailler. On ne dira jamais à quel point c'est une souffrance. Je restai prostré, lisant et relisant la même ligne de mon cahier de textes. « *Maths, exercice n° 15 page 77. À rendre sur feuille. Maths, exercice n°…* »

– Qu'est-ce que c'est que ça ? murmurai-je.

Comment avais-je fait pour ne pas voir cette ligne écrite d'une autre écriture que la mienne ?

« *Ce soir, je vais crever.* » Une décharge électrique ne m'aurait pas fait plus d'effet.

– Qu'est-ce que ça fout là ? dis-je encore.

Je revis alors Jocelyn s'approchant de moi, le matin même, et me demandant :

– Dis donc, j'avais oublié mon cahier de textes, la semaine dernière. Est-ce que je peux vérifier dans le tien ?

– Oui, oui, bien sûr, acquiesçai-je, avec d'autant plus d'empressement que je regrettais de l'avoir boulé, l'instant d'avant.

Je relus à nouveau : *« Ce soir, je vais crever. »* Si Jocelyn avait écrit : « Ce soir, je vais me suicider », je ne l'aurais peut-être pas cru. Mais là, je ne pouvais pas douter. Comme le canard, comme le lapin, comme les poussins ou les perruches, il allait crever.

– Maman ! hurlai-je.

Je courus au salon. Je reculai d'un pas en entrant. Leroy était déjà là, avec ses grands pieds, son bouquet de roses et son sourire virant à la grimace dès qu'il m'aperçut.

– Bonsoir, Émilien, me dit-il.

Je le négligeai :

– Maman, lis ça !

Elle se pencha sur mon cahier :

– Tu as une heure de colle ?

– Non. Lis ça.

Je longeai la ligne du doigt. Ma mère lut à voix haute :

– *« Ce soir, je vais crever »* Qu'est-ce que…

– C'est Jocelyn qui l'a écrit dans mon cahier à mon insu. Il l'a écrit ce matin. Tu sais, Jocelyn, Joss, le copain bizarre…

– Celui qui fait mourir les bêtes, ajouta Maman, la voix déjà inquiète.

Ouf, elle comprenait. Elle se tourna vers Leroy.

– Henri, je crois qu'il faut faire quelque chose. C'est un ami d'Émilien. Il veut se suicider…

– Oh, là, tu vas vite ! répliqua Leroy, comme dit Jules Renard : *« Combien de gens ont voulu se suicider et se sont contentés de déchirer leur photographie. »* Hu, hu… C'était un humoriste très fin, Jules Renard, et injustement méconnu.

Ma mère regarda Leroy comme quelqu'un de fraîchement débarqué de la planète Mars.

– Nous y allons, ma chérie ? reprit-il, j'ai retenu la table pour 20 heures.

– Excuse-moi, Henri, dit Maman d'une voix blanche, je veux d'abord vérifier que ce gamin ne fait pas une bêtise. Tu as son numéro de téléphone, Émilien ?

– Il n'a pas le téléphone.

Ma mère regarda Henri, les roses sur la table, mon cahier de textes.

– Il faut y aller, dit-elle.

Elle se tourna vers Leroy.

– C'est juste un crochet en partant.

– Mais… la séance de 22 heures, balbutia Leroy.

– Juste un crochet, répéta ma mère, nous ne serons pas en retard.

Je grimpai à l'arrière de la voiture de Leroy.

– C'est après l'écluse, dis-je, aux Trois Épis.

– À l'autre bout de la ville, grommela Leroy en démarrant.

Une fois au bas de l'immeuble, je bondis de mon siège. Je pris l'escalier, trop impatient pour attendre l'ascenseur. Je me jetai sur la porte de Jocelyn. Je sonnai, je frappai, je tambourinai, j'appelai.

– Eh bien, il n'est pas là, dit Leroy, le ton détaché, il est allé au cinéma, lui.

Ma mère hésitait :

– Il a peut-être écrit ça sur un coup de tête, me dit-elle, pas trop convaincue.

– L'écluse ! m'écriai-je.

– Quoi, l'écluse ?

– Il s'est jeté dans l'écluse, précisai-je, en frissonnant.

– Dans ce cas, on ne peut plus rien pour lui, remarqua Leroy (le ton de plus en plus indifférent).

Nous redescendîmes. Mes jambes flageolaient. Ce n'était pas normal que Jocelyn ne soit pas là. Il ne sortait jamais. Je levai la tête vers sa fenêtre. La lumière était éteinte.

– Je vais à l'écluse, dis-je à Maman, bonne soirée !

Je m'éloignai.

– Mais attends ! cria Maman, on y va ensemble. Monte dans la voiture. Heu… c'est à côté, Henri…

– Et en route, chauffeur, marmonna-t-il comme s'il prenait la chose en plaisanterie.

Une fois à l'écluse, je courus sur le pont. L'eau coulait, noirâtre. J'appelai :

– Jocelyn !

Je pris ma tête entre mes mains. Mais non, j'ai tort. Il est là-bas, chez lui, dans le noir. Mort ou mourant.

– Il faut retourner, il faut défoncer la porte, dis-je à Maman.

– Si tu crois que c'est ce qu'il faut faire, me dit-elle.

Elle me prit par le poignet et regarda vers Leroy.

– On y retourne.

– Non, hurla-t-il soudain, non ! VOUS y

retournez. J'en ai assez, assez de subir les caprices de ce gamin, assez d'être un pantin entre vous deux. ASSEZ !

Et il nous planta là, dans la nuit, pour aller au restaurant, au cinéma ou au diable.

– Le salaud, résuma ma mère.

J'en aurais pleuré. Maintenant, nous étions à pied.

– Qu'est-ce qu'on fait, Maman ? dis-je, le ton plaintif.

– On se calme. (Elle prit une large inspiration.) Il faut trouver du secours, Émilien. Ni toi ni moi ne pourrons enfoncer une porte.

– Oh, je sais ! Marcel, Léon… Le bistrot ! C'est pas loin. Tu peux courir ?

– Vas-y ! Je te suis.

Nous avons couru jusqu'au café. Ils étaient tous là, comme le samedi soir. La patronne, les hommes, le Dr Carrel devant son entrecôte Bercy.

– Tiens, le gosse! dirent-ils en m'apercevant.

Et ils jetèrent un coup d'œil goguenard à ma mère. Le Dr Carrel reposa couteau et fourchette.

– Qu'est-ce qu'il y a? C'est ton chat?

– Non, criai-je.

Je ne pouvais plus parler normalement.

Je hurlai:

– Non, c'est mon copain. Il veut se tuer. Il est aux Trois Épis. Il faut enfoncer la porte.

Gros Louis s'était levé.

– Tu es sûr? me demanda Marcel.

– Oui, hurlai-je encore, pris de sanglots.

- Léon, tu as ton camion? demanda le docteur, ma voiture est garée trop loin…

Nous sommes repartis en camion. Marcel, Gros Louis, Léon, le Dr Carrel, Maman et moi. Tous silencieux et moi suffoquant.

– C'est là, a dit Maman.

Nous avons tous pris l'escalier. Une vraie cavalcade. Le Dr Carrel a sonné, frappé.

Rien.

– Bon. On enfonce, a-t-il décidé.

Marcel et Gros Louis se sont approchés.

– À la une, à la deux, à la trois !

Ils se sont jetés sur la porte et la porte a gémi.

– Poussez-vous, a dit Léon, j'ai mon cric. Ça va faire levier.

– À la une, à la deux, à la trois !

La porte a cédé.

– N'allumez pas ! a ordonné le Dr Carrel.

Il est entré, a reniflé :

– Ça va. Ce n'est pas le gaz. Allumez.

La pièce était vide et dans un état horrible de saleté, de puanteur.

– Mon Dieu, a murmuré Maman.

J'ai crié :

– Jocelyn !

– Il est là, a dit le Dr Carrel sur le seuil de la cuisine.

Il était par terre, couché sur le flanc, comme j'avais trouvé Arendal.

– Joss!

Le docteur m'a barré le chemin.

– Ne bouge pas. Je m'en occupe.

Il s'est agenouillé près de Jocelyn. Il a écouté le cœur. Il a dit comme à lui-même: «Vivant.»

Il s'est relevé, a fouillé une poubelle et sorti des boîtes, des tas de boîtes de médicaments.

– Léon, le Samu! a-t-il crié.

– C'est fait, a dit Gros Louis, il a téléphoné

Posément, le Dr Carrel ouvrait toutes les boîtes, comptait le nombre de médicaments manquants, notait le nom des produits.

J'étais retourné dans l'autre pièce. Les perruches mortes étaient dans la cage, en train de se décomposer.

– Ils sont là, s'est écrié Léon.

Ils l'ont emporté sur un brancard, mais je n'ai pas voulu regarder.

C'est ce soir-là que j'ai compris l'expression «avoir les jambes coupées». Alors, ils m'ont emmené, en me soutenant. Léon et le Dr Carrel. Ils parlaient. Ils disaient :

– Quelle misère de laisser un gosse comme ça !

– Quinze ans, a dit le véto, l'âge de mon fils.

Les jours puis les semaines ont passé. Jocelyn n'est pas revenu au collège. Il y en a qui disent que son père l'a repris, d'autres qu'il a été confié à la DDASS. Il y a même des imbéciles qui prétendent qu'il est mort, mais que les adultes font le silence là-dessus. Moi, je n'ai plus eu de nouvelles. C'est comme si Jocelyn n'avait jamais existé, comme si j'avais rêvé.

Aux Trois Épis, la lumière est reparue à la fenêtre. C'est une dame qui habite là, avec deux petites filles. Je leur dis bonne chance à ces trois-là. Et puis bonne chance à Jocelyn, même si je n'y crois pas trop. C'est important de croire.

Martine-Marie est croyante. C'est de naissance. Ils sont croyants chez elle. Je lui ai dit:

– T'as qu'à prier pour Jocelyn.

On ne sait jamais, après tout. Martine-Marie a prié pour moi quand je me suis planté en mob. Et d'ailleurs, je m'en suis très bien remis. C'est dommage qu'elle n'ait pas prié aussi pour ma mob. Maintenant, je vais à pied.

Leroy? Bon, il n'est pas reparu non plus. Il n'a même pas rappelé, lui qui téléphonait tout le temps. Est-ce que c'est de ma faute?

– Ni de ta faute ni de ta grâce, m'a dit Maman. Tôt ou tard, nous aurions rompu. Je ne voulais pas me remarier.

– Pourtant, tu lui as dit oui. Tu sais, le soir de la boum de Xavier?

– Je devais lui dire oui. Et puis, je ne sais pas ce qui s'est passé... Ah si! Il m'a ressorti sa fameuse phrase...

– «L'homme seul est en mauvaise compagnie.»

Ma mère s'est mise à rire :

– C'est ça... J'ai prétendu que tu n'étais pas encore prêt à accepter.

Elle est redevenue grave et elle a murmuré :

– C'est Jocelyn qui m'a fait comprendre... Ce soir-là, Henri a été si...

Elle a passé la main sur son front et a souri avec effort :

– Henri n'est ni pire ni meilleur que beaucoup... Mais moi, je suis une idéaliste. Je ne me remarierai pas. Ou alors, il faudrait que je rencontre quelqu'un de tellement, tellement...

Elle a levé les yeux au ciel. Il lui faut un saint à ma mère, un génie ou un héros. Quelqu'un de sortable.

– Les idéalistes dans mon genre, a ajouté Maman, je crois qu'ils sont faits pour vivre seuls.

Sur le moment, je n'ai pas réagi. Puis la phrase de ma mère est venue me hanter : « Les idéalistes sont faits pour vivre seuls. » Moi aussi, je suis idéaliste.

Le samedi suivant, j'allais au ciné-club avec Martine-Marie. Nous emmenions Pierre-Étienne et Charles-Aurèle voir *Peter Pan*. Personnellement, je trouve qu'à trois ans et cinq ans on ne devrait pas voir des choses aussi atroces que le crocodile ou le capitaine Crochet.

– Tu n'auras pas peur ? demandai-je pour la deuxième fois à Pierre-Étienne.

– Non. Moi, j'aime le capitaine Crochet !

– C'est Émilien, il a peur du crocodile, a suggéré le subtil Charles-Aurèle.

Finalement, je l'aime bien aussi, ce môme. J'aime tous les gamins au-dessous de dix ans.

Et, sous prétexte que je suis idéaliste, je ne devrais pas avoir d'enfants ! C'est dégoûtant.

– Est-ce que tu crois que les idéalistes doivent renoncer à la fréquentation du genre humain ? demandai-je brusquement à Martine-Marie.

– C'est une maxime de La Rochefoucauld ? s'informa-t-elle.

– Non. C'est un truc que dit ma mère : qu'un idéaliste doit rester célibataire.

Martine-Marie se mordille les lèvres. Elle prend le temps de la réflexion. Qu'est-ce qu'elle va encore me sortir ? Que je n'ai plus qu'à me faire curé ?

– Les idéalistes, dit-elle, ce sont des gens qu'il ne faut pas décevoir. D'accord ?

– Heu... oui.

– Dans la vie, il y a des gens qui sont souvent décevants et d'autres qui ne le sont pas. D'accord ?

– Heu... peut-être.

– Des fois, conclut Martine-Marie, les idéalistes rencontrent des gens qui ne les déçoivent pas.

Je rigole :

– Ils tirent le bon numéro !

– C'est ça.

Je la regarde. Elle ne rigole pas. Elle est

croyante pour tout. C'est peut-être contagieux ? Je prends sa main dans la mienne et je la serre. Dans la file, personne ne nous voit.

– Oh, les amoureux, chantonne Pierre-Étienne.

Il faudra vraiment que je le dise à Xavier. Et puis que j'essaie de ne plus l'oublier : Martine-Marie, c'est quelqu'un.

Alors bon. Même si le chemin est un peu long, j'irai à Abgall. Et si Martine-Marie n'est pas sous le clocher, c'est moi qui l'attendrai.

Et pour savoir si Émilien attendra
Martine-Marie, vous pouvez lire :

Au bonheur des larmes

Un séducteur-né

Sans sucre, merci

Nos amours ne vont pas si mal

Du même auteur à *l'école des loisirs*

Collection Neuf

Mytho

Dans la série des *Émilien* :

Baby-sitter blues

Le trésor de mon père

Le clocher d'Abgall

Au bonheur des larmes

Un séducteur-né

Sans sucre, merci

Nos amours ne vont pas si mal

Collection Médium

Ma vie a changé

Amour, vampire et loup-garou

Tom Lorient

Oh, boy !

Maïté coiffure

Simple

En collaboration avec Lorris Murail : *L'Expérienceur*

Dans la série des *Nils Hazard* :

Dinky rouge sang

L'assassin est au collège

La dame qui tue

Tête à rap

Scénario catastrophe

Qui veut la peau de Maori Cannell ?

Rendez-vous avec Monsieur X